Nous remercions le ministère du Patrimoine canadien,
la SODEC et le Conseil des Arts du Canada
de l'aide accordée à notre programme de publication

  Patrimoine   Canadian
canadien   Heritage

 Conseil des Arts   Canada Council
du Canada   for the Arts

ainsi que le gouvernement du Québec
– Programme de crédit d'impôt
pour l'édition de livres
– Gestion SODEC.

Nous reconnaissons l'aide financière
du gouvernement du Canada
par l'entremise du Programme d'aide au développement
de l'industrie de l'édition (PADIÉ) pour ce projet.

Illustration de la couverture
et illustrations intérieures :
Christine Dallaire-Dupont

Couverture :
Conception Grafikar

Édition électronique :
Infographie DN

Dépôt légal : 1er trimestre 2006
Bibliothèque nationale du Canada
Bibliothèque nationale du Québec

1234567890 IML 09876

La forêt invisible

• Série *Éolia* *princesse de lumière* •

Celle qui voyage dans ses rêves
et résout les enquêtes les plus difficiles...

COLLECTION
PAPILLON

DU MÊME AUTEUR
AUX ÉDITIONS PIERRE TISSEYRE

Collection Chacal

Storine, l'orpheline des étoiles, volume 1 :
Le lion blanc (2002).

Storine, l'orpheline des étoiles, volume 2 :
Les marécages de l'âme (2003).

Storine, l'orpheline des étoiles, volume 3 :
Le maître des frayeurs (2004).

Storine, l'orpheline des étoiles, volume 4 :
Les naufragés d'Illophène (2004).

Storine, l'orpheline des étoiles, volume 5 :
La planète du savoir (2005).

Storine, l'orpheline des étoiles, volume 6 :
Le triangle d'Ébraïs (2005).

Collection Papillon

Le garçon qui n'existait plus, roman (2006).
Le prince de la musique, roman (2006).

**Catalogage avant publication
de Bibliothèque et Archives Canada**

D'Anterny, Fredrick 1967-

    (Éolia ; 2)
    (Collection Papillon ; 123)
    Pour les jeunes de 9 à 12 ans.

    ISBN 2-89051-973-2

    I. Dallaire-Dupont, Christine. II. Titre III. Collection :
    D'Anterny, Fredrick 1967- . Éolia ; 2. IV. Collection
    Papillon (Éditions Pierre Tisseyre) ; 123.

PS8557.A576F67 2006   jC843'.54   C2005-942457-5
PS9557.A576F67 2006

La forêt invisible

roman

Fredrick D'Anterny

**ÉDITIONS
PIERRE TISSEYRE**

5757, rue Cypihot, Saint-Laurent (Québec) H4S 1R3
Téléphone : (514) 334-2690 – Télécopieur : (514) 334-8395
Courriel : ed.tisseyre@erpi.com

Pour Jeanne-Gabrielle.

Fiche d'identité

★ Je m'appelle Éolia de Massoret, et je suis princesse de Nénucie.

★ J'ai dix ans.

★ On dit de moi que je suis intelligente, enjouée, maligne, sensible, têtue, secrète.

★ Je suis troisième dans l'ordre de succession au trône, derrière mon père et mon jeune frère.

★ J'habite au palais royal de Massora : 1, boulevard de Nénucie, 01 100, Massora, royaume de Nénucie, Europe.

★ On prétend aussi que je suis bizarre parce que je fais des rêves qui me révèlent des injustices commises dans le royaume.

★ En plus d'aller à l'école et de tenir mon rang de princesse, je dois enquêter et résoudre plein de mystères dans le plus grand secret bien sûr, car les journalistes sont à l'affût du moindre scandale.

★ Ma technique est simple : je trouve des indices dans mes rêves grâce à mes sept poupées magiques, puis je pars enquêter avec mon ami le colonel de la garde.

1

La Forêt Qui Avait Un Problème

Royaume de Nénucie, Europe.

La première fois qu'Éolia vit la fille sans tête, elle pensa qu'elle faisait un cauchemar. Et, justement, c'était le cas. Une main serra la sienne. En se penchant, la jeune princesse vit Maeva, sa poupée du dimanche soir, qui la regardait avec ses grands yeux noirs aussi brillants que des étoiles.

— Cette forêt me rappelle celles que l'on trouve dans les îles, lui chuchota Maeva. Sauf qu'ici, il fait plus froid.

Je rêve, se dit la fillette. *Après m'être endormie dans mon lit, je suis sans doute passée par la cheminée magique, mais je ne m'en souviens plus. Et maintenant, je...*

Elle trébucha sur une racine noueuse. Aussitôt, un murmure glacial s'éleva dans les feuillages.

— Tu t'es fait mal, Lia?

La princesse se frotta les genoux. Elle n'aimait pas ces branches menaçantes qui s'entrecroisaient au-dessus de leur tête, ni ces troncs rugueux contre lesquels elle devait parfois s'appuyer. Une lumière crépusculaire filtrait entre les feuilles et donnait à la forêt un aspect inquiétant.

— Vraiment, qu'est-ce qui t'a pris de m'emmener dans cet endroit? lui reprocha Éolia en enroulant frileusement ses bras autour de ses épaules.

Elle regretta aussitôt ces paroles blessantes, car de toutes ses poupées enchantées, Maeva, d'un naturel plutôt timide, était celle qui possédait le meilleur caractère. Peinée, Maeva cacha son visage dans ses petites mains de porcelaine. Éolia ne vit plus d'elle que son paréo bleu et sa longue chevelure noire de Tahitienne.

— Je sais que ce n'est pas toi qui choisis les endroits que je dois visiter en rêve, lui dit-elle pour s'excuser.

Éolia écarta une branche de son visage et scruta la pénombre végétale à la recherche de cette fille sans tête, assise dans une sorte de fauteuil roulant, qu'elle était certaine d'avoir aperçue entre les buissons.

Je me demande si Maeva l'a vue, elle aussi!

Un crissement métallique retentit derrière un bosquet de genévrier.

— Là! s'écria Éolia en sautant à pieds joints dans le massif.

Elle grimaça de douleur en s'égratignant les avant-bras. Le bout acéré d'une branche déchira le col de son pyjama.

Maeva, qui avait sagement contourné le bosquet, la retrouva de l'autre côté.

— Il n'y a personne, dit la poupée en prenant entre ses mains une longue branche de frêne vert.

Éolia s'accroupit. La fille sans tête les guettait, elle en était certaine. Ce crissement était sans doute le bruit que faisait son fauteuil en roulant sur le sol humide et rocailleux.

— Je ne distingue pourtant aucune trace de roue, murmura-t-elle. Mais tu l'as vue, comme moi! Elle apparaît un instant puis elle se volatilise. Qui peut-elle bien être?

Ne recevant aucune réponse de sa poupée, la jeune princesse se retourna.

Ce qu'elle vit la fit hurler.

Ce cri l'arracha à son rêve.

Le front inondé de sueur, elle s'éveilla en sursaut dans son lit.

Quatre heures vingt-trois. Tout était tranquille dans le palais royal. Dans la pénombre de sa chambre douillette, Éolia fixa un moment les angelots rieurs peints au plafond.

Ce n'était pas un rêve, mais bel et bien un cauchemar!

Elle serra entre ses bras le petit corps en porcelaine de Maeva. Horreur! En fixant ses iris vides, la fillette s'aperçut que l'âme de sa poupée était restée dans la mystérieuse forêt.

Le cœur battant, elle fit un effort sur-humain pour se rendormir. Elle devait retourner dans ce rêve pour y chercher

12

l'âme de sa poupée. Il le fallait absolument. Même si elle ne pouvait songer sans frissonner à cette image terrifiante qu'elle avait vue avant de se réveiller…

Cette fois-ci, Éolia fit les choses selon les règles. Sitôt rendormie, elle rêva qu'elle se levait de son lit. Elle marcha jusqu'à sa cheminée, s'assura que la lumière dorée brillait comme d'habitude au fond de l'âtre, puis elle se laissa emporter dans le tunnel par le Souffle du Vent Qui Vient du Monde des Rêves. Si Maeva l'avait conduite dans cette forêt, c'était peut-être parce que son ami, l'Ambassadeur de lumière, voulait lui montrer des choses très importantes.

Elle ne devait plus penser à ce qui l'attendait dans quelques heures. Aller à l'école comme toutes les filles de Nénucie, par exemple. Ou bien subir les commentaires de Madame Étiquette, sa gouvernante, qui lui dirait de sa voix de fausset : « Votre Altesse ! Mais vous avez une mine épouvantable ! Êtes-vous sûre d'avoir bien dormi ? »

De retour à l'endroit exact où elle se trouvait juste avant de se réveiller, Éolia se précipita vers sa poupée, qui n'avait pas bougé d'un millimètre.

Comment aurait-elle pu se mouvoir, d'ailleurs, avec les branches du vieux frêne vert enroulées autour de son petit corps ? Éolia hésita avant de desserrer l'étau de branches. Ne risquait-elle pas de se retrouver dans la même situation ? Maeva ne parlait pas. Ses yeux fixaient le vide. *Elle doit être en état de choc.*

— N'aie pas peur, je vais te délivrer.

Comme si l'arbre était doué de vie, une racine s'arracha soudain de terre, se tortilla dans les airs à la manière d'un serpent, puis vint s'enrouler autour de sa cheville gauche. L'instant d'après, Éolia était soulevée à trois mètres du sol. Un bruissement s'éleva alors dans les feuillages, se répercutant d'arbre en arbre, de branche en branche. Aucun pépiement d'oiseau, aucun son animal ne retentissait dans la forêt. À croire qu'il y était survenu un grand malheur. La tête à l'envers, Éolia retint par pudeur sa chemise de pyjama.

— Arrêtez! s'écria-t-elle. Nous sommes venues en amies !

La complainte des végétaux s'inten-sifia. Le cœur d'Éolia battait à ses tempes. Sous le frémissement cristallin des feuilles, elle perçut comme des chucho-tements. Certains étaient graves et sé-vères, d'autres beaucoup plus doux.

Éolia se rappela son ami l'Ambas-sadeur de lumière, qui lui était apparu sous les traits d'un clown, lors de sa der-nière enquête[1]. Peut-être ce rêve était-il pour elle le début d'une seconde mission. Pensant que cela pouvait effectivement être le cas, elle cria encore :

— Nous sommes envoyées par l'Am-bassadeur !

Ce nom fit redoubler l'intensité des bruissements. Toujours ballottée par la puissante racine, Éolia souhaita de toutes ses forces se réveiller dans son lit. Elle refusait de vivre ce rêve plus long-temps. Comment ces arbres osaient-ils la traiter ainsi ? Si elle n'avait pas eu le cœur au bord des lèvres, elle ne se serait pas gênée pour le leur dire.

Soudain, le grand frêne la posa déli-catement par terre. Plusieurs branches

_____

1. Voir *Le garçon qui n'existait plus*, du même auteur, dans la même collection.

s'animèrent et lui caressèrent les épaules. Rendue craintive par sa mésaventure, la jeune princesse les repoussa. Dans les branchages, les crissements avaient cédé la place à des murmures plus accueillants.

Ils ont dû discuter entre eux. Ils vont peut-être nous laisser tranquilles, maintenant.

Maeva vint se blottir dans ses bras. À voir ses yeux agrandis d'horreur, Éolia devina qu'elle n'avait probablement jamais eu aussi peur de sa vie. L'émotion de Maeva la fit sourire intérieurement, car comment une poupée, même une poupée magique comme Maeva, pouvait-elle avoir une vie ?

Éolia entendit alors s'élever, de quelque part à ses pieds, une voix douce aussi pure qu'un filet d'eau de source :

— Il ne faut pas nous en vouloir, petite. Il n'y a pas si longtemps encore, nous aimions accueillir les humains pendant leurs rêves…

La voix resta en suspens, comme s'il s'était produit depuis ce « pas si longtemps encore » un affreux événement qui avait fait changer les arbres d'avis.

— Je m'appelle Éolia, répondit la fillette, et je suis la princesse de Nénucie.

Cette révélation déclencha un tel brouhaha qu'Éolia dut se boucher les oreilles. Une cinquantaine de branches appartenant à des arbres différents vinrent la chatouiller. Certaines se posèrent sur ses cheveux, d'autres s'enroulèrent doucement autour de ses poignets. Tout à coup, elle fut une nouvelle fois soulevée dans les airs. Cependant, elle était tenue avec tant de gentillesse qu'elle en oublia ses ressentiments. Une voix grave, sans doute celle du grand frêne, susurra à son oreille :

— Alors, c'est toi que nous attendions.

— L'Ambassadeur nous avait promis de nous envoyer de l'aide. D'autres enfants sont venus...

Éolia chercha à identifier l'origine de cette voix douce et claire. Venait-elle d'un chêne, d'un sapin, d'un pin parasol ou bien d'un mimosa ?

— D'autres enfants, dites-vous ?

Éolia songea à la fille sans tête. Se pouvait-il qu'elle soit venue et que, n'ayant rien pu faire pour les aider, elle ait été si atrocement punie? Elle regarda vers le sol et vit Maeva qui la fixait en tremblant.

— Je veux bien vous aider, déclara la jeune princesse sans mesurer, sur le coup, les conséquences de ses paroles.

Les bruissements reprirent de plus belle. La princesse comprit qu'il s'agissait du langage des arbres, et qu'ils débattaient entre eux de sa proposition.

— Nous acceptons ton aide, princesse Éolia, annonça la voix bourrue du grand frêne. Mais nous posons une condition.

Éolia sentit la peur se glisser dans son cœur. Qu'allait-on lui demander?

— Que voulez-v...

Le cri que poussa Maeva lui glaça le sang. Elle vit sa poupée de nouveau emprisonnée dans un faisceau de racines et de branches noueuses.

— Ne lui faites pas de mal! hurla Éolia.

Le grand frêne toussota pour s'éclaircir la voix, ce qui déclencha un énorme coup de vent dans les feuillages.

— Nous garderons ton amie en otage jusqu'à ce que tu trouves la solution à notre problème.

Leur problème? Justement. Parlons-en!

Mais alors qu'elle ouvrait la bouche, Éolia se rendit compte qu'elle était de retour dans son lit.

Elle alluma sa lampe de chevet. La lumière fit cligner ses yeux. Son réveil indiquait à présent six heures cinquante. *Dans dix minutes, Madame Étiquette va entrer dans ma chambre pour me réveiller.* Elle poussa un soupir de soulagement. Ce rêve était décidément un véritable cauchemar, et elle était heureuse de s'en être tirée à si bon compte.

Soudain, un doute terrible s'insinua dans son esprit. Elle serra Maeva dans ses bras.

« C'est bien ce que je pensais ! »

Les yeux de sa poupée étaient toujours ternes et vides, preuve irréfutable, pour Éolia, que son âme était restée prisonnière de la Forêt Qui Avait Un Problème.

« Par la barbe de grand-père ! » s'écria-t-elle, les larmes aux yeux.

2

Sur la piste
des mots

Le salon d'azur était l'endroit idéal pour prendre le petit déjeuner en famille. Les murs peints en bleu et les nombreuses plantes exotiques donnaient à cette pièce un petit côté outremer qui plaisait beaucoup à la reine Mireille. Et, justement, en parlant de plantes d'intérieur...

— Nous déjeunerons tous les quatre, ce matin, annonça Sophie d'un ton où perçait le sarcasme. Lia ?

Elle dut répéter plusieurs fois le nom de sa fille avant que la jeune princesse ne s'arrache à la contemplation de l'énorme rhododendron qui s'épanouissait dans un angle du mur.

— Lia ! Tu rêves ?

Frédérik, son frère, lui pinça les côtes.

Comment des arbres peuvent-ils penser, parler et, surtout, retenir l'âme de Maeva en otage ? Tout cela me dépasse !

Éolia jeta un regard circulaire dans le salon. Outre Monsieur Monocle qui servait respectueusement le petit déjeuner, elle compta qu'ils n'étaient que trois personnes à table.

Sa mère, qui jugeait ces petits déjeuners en famille plus ennuyeux qu'autre chose, lui jeta un regard noir. Une délicieuse odeur d'œuf, de crème anglaise et de fruits s'élevait des plats soigneusement préparés et décorés par l'équipe de cuisiniers du palais royal. Monsieur Monocle déplia la serviette d'Éolia et la lui tendit en souriant. Tout le monde savait que la reine avait imposé ces petits déjeuners matinaux à sa belle-fille pour la forcer, entre autres, à voir ses enfants un peu plus souvent.

— C'est incroyable ! déclara Sophie. Nous avons, ici même au palais, une bonne centaine de gardes du corps, et à quoi servent-ils ?

Picorant dans son assiette, la princesse semblait agitée et inquiète. Elle jeta un coup d'œil à ses enfants. Comme sa déclamation ne semblait pas les intéresser, elle renifla et poursuivit :

— Figurez-vous que trois paparazzis ont été surpris, cette nuit même, à espionner sous nos fenêtres ! Vraiment, la sécurité laisse à désirer. Je me demande parfois à quoi joue ce colonel qui est censé nous protéger, ajouta-t-elle en cherchant le regard d'Éolia.

En entendant le nom de son ami Monsieur X, la fillette redressa la tête.

— Ils ont été conduits au commissariat de police, bien entendu, mais je n'aime vraiment pas l'idée qu'ils aient pu s'introduire dans les jardins sans être interceptés !

Puis, comme si elle était vexée de ne pas avoir son auditoire habituel, elle décréta en repoussant son assiette :

— En plus, je suis en retard !

Éolia imaginait vaguement des paparazzis en train d'escalader la façade jusqu'à la fenêtre de sa chambre, quand les doubles portes du salon s'ouvrirent sur son père.

— Papa! s'exclama-t-elle joyeusement en se levant de table.

Elle le trouvait magnifique dans son costume blanc. Il portait une chemise assortie, une cravate bleu nuit et un pantalon en soie immaculé. Comme toujours lorsqu'il se retrouvait en présence de sa femme et de ses enfants, le prince Henri se sentit intimidé car, somme toute, il ne les voyait pas aussi souvent qu'il l'aurait souhaité. Il sourit à chacun de ses enfants, puis il alla s'asseoir au bout de la table, le plus loin possible de sa femme. Délaissant l'affaire des paparazzis, Sophie enchaîna :

— Je reçois l'équipe de *Femmes Magazine*, aujourd'hui! Ils vont me consacrer un reportage de six pages dans leur prochaine édition.

Déçue que son père ne l'ait pas embrassée, Éolia se rassit tristement. Elle savait déjà comment le déjeuner allait se dérouler. Sa mère parlerait d'elle sans arrêt, Henri se plongerait dans ses mots croisés, Frédérik bouderait, le nez dans ses stupides bandes dessinées.

C'est toujours comme ça quand grand-père et grand-mère ne sont pas là pour mettre un peu d'ambiance.

Mais Éolia avait bien d'autres soucis que la pesante atmosphère qui régnait à la table du petit déjeuner. En premier lieu, comment savoir si son rêve de la nuit dernière était un vrai rêve-enquête ? Plus tôt, en se laissant habiller par Jeanne, sa dame de compagnie, elle avait examiné ses avant-bras avec soin. *Dans mon rêve, je me suis égratignée.* L'un des indices révélateurs d'un véritable rêve-enquête, elle le savait, étaient les marques laissées sur sa peau. Comme elle ne portait aucune trace de griffure, devait-elle prendre cette aventure au sérieux ?

Soudain, un éclat de rire résonna dans le salon. Éolia redressa la tête. Le visage inondé de soleil, son père riait. Un rire sonore, à la fois bonhomme et juvénile, que la fillette aimait beaucoup.

— Eh bien ? s'enquit Sophie, outrée que personne ne s'intéresse à son entrevue pour *Femmes Magazine*.

— Excusez-moi, mais c'est vraiment trop drôle, lui répondit le prince.

Éolia constata que Frédérik avait changé de siège pour s'asseoir à côté de leur père. À l'aide d'un crayon, ils griffonnaient de concert, l'un sur son livre de mots croisés, l'autre sur sa bande dessinée. Puis, sans raison apparente, ils éclataient de rire.

— Abat-jour. Bonnet. C'est la vie. Dur le matelas, lança Frédérik en pouffant entre ses dents.

Devant ce puzzle de mots pour le moins insolite, le prince Henri écarta son plat de fruits frais et se concentra. Éolia vit avec appréhension un morceau d'omelette bénédictine pendre au bout de la fourchette de Sophie, puis tomber dans son assiette.

— Qu'est-ce que cela signifie ? gronda-t-elle en fronçant les sourcils.

— Étendu. Fichtrement bon. Gueule de loup, répondit Henri en devenant rouge d'excitation.

Éolia sourit car elle venait de comprendre. Son frère lui avait déjà parlé de ce jeu.

— Tu lis deux ou trois phrases dans une bulle, lui avait-il dit en lui montrant sa bande dessinée, ensuite tu prends des mots en ordre alphabétique.

— Et tu les récites à la queue leu leu ? Mais c'est idiot !

— Au contraire, c'est rigolo ! De toute façon, tu es une fille. Tu ne peux pas comprendre.

Ce qu'Éolia avait du mal à comprendre, c'est comment on pouvait trouver ce passe-temps drôle au point de s'étouffer à moitié et de se rouler par terre.

— Encore un ! s'écria Frédérik entre deux gorgées de jus d'orange. Écoute ! Forêt. Gare à toi. Hache.

Ces mots frappèrent Éolia comme une gifle. Elle en resta paralysée de stupeur. Sophie se leva soudain de table et jeta sa serviette par terre sous l'œil amusé de deux valets qui se tenaient debout dans un coin du salon.

— Cela suffit ! s'écria-t-elle en se plantant devant son mari, qui avait toutes les peines du monde à garder son sérieux. Croyez-vous que ce soit un bel exemple à donner à nos enfants ? Vous êtes... ridicule !

C'était son mot préféré quand elle était trop en colère pour dire autre chose. Heureusement qu'il n'y avait pas de vase sur la table, sinon Henri l'aurait entendu siffler au-dessus de ses oreilles ! Sophie arracha la bande dessinée des mains de

Frédérik, la froissa, puis la jeta dans une corbeille à papier.

Le reste du petit déjeuner se déroula dans un silence glacé. Le prince Henri prit congé dès qu'il eut avalé son omelette. L'incident était clos.

Au moment de quitter le salon pour aller rejoindre Madame Étiquette qui les attendait dans l'antichambre, Éolia, toujours songeuse, ramassa la bande dessinée de son petit frère.

Elle ne cessait de penser à cette suite de mots que Frédérik avait prononcée : « forêt, gare à toi, hache ». Des mots sans aucune logique qui semblaient pourtant lui être destinés. En ouvrant la bande dessinée au hasard, elle tomba sur une page en couleurs représentant un clown qui souriait de toutes ses dents.

L'Ambassadeur... L'ange gardien de la Nénucie...

Persuadée que ces mots cachaient une signification précise liée à son rêve, Éolia plia la bande dessinée, la rangea dans sa poche et rejoignit son frère. Huit heures approchaient et ils devaient être à l'école dans trente minutes.

— C'est un signe, dit-elle à voix haute en entrant dans la limousine blanche.

Frédérik s'assit à côté d'elle, puis il lui murmura à l'oreille, les yeux brillants d'excitation :

— Dis, Lia, qu'est-ce que tu m'offres pour mon anniversaire, cette année ?

Plongée dans ses pensées, elle haussa les épaules sans répondre, à la grande tristesse de son frère.

Éolia fit une fausse note. Elle répétait laborieusement ses gammes au piano, et commettait de nombreuses erreurs. Pendant la journée, à l'école, des copines lui avaient demandé si elle avait eu peur de se faire photographier dans son lit par ces affreux paparazzis. Mais Éolia était trop contrariée par ce « problème », qui perturbait les arbres de son rêve, pour se passionner pour cet événement rapporté par tous les journaux du pays. Et, surtout, elle s'inquiétait terriblement du sort de Maeva.

Elle est si timide. Elle n'ose jamais se fâcher. Elle est bien trop gentille pour servir d'otage !

— Lia ? Tu es ailleurs. Ta note ! C'est pourtant facile ! lui dit Mélanie. *Do, mi, sol, mi, ré, mi, do*, et puis le dièse.

La jeune princesse se mordit les lèvres.

— Excuse-moi, Mélie !

Pour une fois que son amie acceptait de descendre de son grenier – à ses risques et périls – pour l'aider à répéter ses gammes, il fallait qu'elle soit dans la lune !

Le salon de musique était situé au rez-de-chaussée du palais, à l'extrémité nord de la galerie des rois. La reine Thérèse, au XVIIIᵉ siècle, y jouait du clavecin et de la viole de gambe. Il régnait dans cette pièce aux murs bleus frisés d'or une atmosphère de douceur et de tranquillité qu'Éolia aimait beaucoup.

Assise à côté de Mélanie sur le banc recouvert de satin rouge, la princesse s'étonnait de la dextérité de son amie. Mélanie, qui était la fille de la maquilleuse de la reine, lui ressemblait beaucoup. *Si elle se met une perruque blonde, des sourcils plus clairs et des lentilles bleues, c'est moi tout craché !* Éolia repensa à la dernière fois où Mélanie s'était fait passer pour elle au Salon de l'aviation, pendant

qu'elle-même était partie enquêter, inco-
gnito, avec le colonel de la garde[2].

De temps en temps, Jeanne, la dame
de compagnie, passait sa tête blonde
dans l'entrebâillement de la porte pour
les rassurer.

— Tout va bien !

Mélanie n'était pas censée être vue
dans les étages réservés à la famille
royale. Aussi Jeanne montait-elle la garde
au cas où la terrible Madame Étiquette
viendrait à passer dans le coin.

---

2. Voir *Le garçon qui n'existait plus*, du même auteur, dans
   la même collection.

— Dimanche, c'est l'anniversaire de Frédérik, n'est-ce pas ? demanda Mélanie en plaquant ses doigts sur les touches.

— Oui. Et maman veut que je joue des pièces au piano pour lui faire une surprise. Elle me laisse les choisir, pourvu que ce soit du Liszt ou du Mozart. De toute façon, ajouta-t-elle en haussant les épaules, Fred est bien trop jeune pour apprécier la musique classique.

— Sauf si c'est toi qui joues.

Éolia fit une grimace.

— En tout cas, ce qu'on répète, là, ce n'est pas du classique. Je crois que Frédérik préférera cette version piano de *Was It You ?*, la nouvelle chanson de Jay.

Elles se regardèrent en souriant. Jay Starr, grande vedette de la musique pop, n'avait pas quinze ans. De plus, il devait bientôt venir se produire en concert, en Nénucie. À cette occasion, Éolia comptait bien le rencontrer en chair et en os !

— Allez ! Si tu veux que ta surprise soit réussie, recommence ! l'encouragea Mélanie en l'invitant à reprendre le morceau de musique depuis le début.

Mais Éolia était incapable de se concentrer. Ce n'était pas de l'anniversaire de son petit frère qu'elle voulait parler à son amie. Au regard qu'elle lui lança, Mélanie comprit que quelque chose de sérieux lui trottait dans la tête.

— J'ai rêvé de nouveau, cette nuit.

Mélanie écouta patiemment le récit que lui fit la princesse, même quand Éolia lui raconta, le plus sérieusement du monde, que des arbres en colère retenaient en otage l'âme d'une de ses poupées.

— Ils veulent que je les aide. À quoi, exactement, je l'ignore. Mais j'y ai réfléchi et je crois que les mots que Fred a prononcés ce matin, « forêt, gare à toi, hache », signifient que quelqu'un veut détruire la forêt.

Mélanie ne savait pas quoi répondre. Éolia, qu'elle aimait comme une sœur même si un monde les séparait, était à la fois maligne et intelligente. Mais Mélanie la trouvait naïve de croire, à son âge, qu'une poupée avait une âme !

La princesse devina les sentiments de son amie.

— Tu sais que j'ai déjà fait des rêves-enquêtes, lors de l'affaire des enlèvements d'enfants. Et quoi que tu en penses, je ne suis pas bête au point de *jouer* à la poupée. Les miennes ne prennent vie que dans mes rêves.

Des pas retentirent soudain dans la galerie des rois. Jeanne passa sa tête dans l'embrasure de la porte.

— Alerte rouge ! La comtesse déboule dans l'escalier !

Jeanne venait de la campagne. Ses expressions faisaient rire Éolia.

— Vite ! Cache-toi !

Mélanie bondit du banc de piano et se précipita vers la tapisserie murale derrière laquelle s'ouvrait une des issues de l'impressionnant réseau de passages secrets qui parcourait le palais dans tous les sens.

Quelques secondes plus tard, Éolia vit apparaître une longue robe noire surmontée d'une tête belliqueuse : Madame Étiquette, la gouvernante royale.

Mais Éolia ne se souciait pas des réprimandes que Madame Étiquette ne manquerait pas de lui adresser. En pensée, elle avait déjà regagné la Forêt Qui Avait Un Problème, où les arbres, furieux, prenaient des otages et coupaient la tête des petites filles…

3

Viviane de Briganne

Ce soir-là, avant de s'endormir, Éolia décida qu'elle ne retournerait pas en rêve dans la forêt. Elle ne voulait pas se l'avouer, mais cet endroit lui faisait un peu peur. *Et puis, je dois préparer mon examen oral de demain.* En classe, Monsieur Lastuce, son professeur, avait demandé à chaque élève d'élaborer un exposé d'environ trois minutes.

Après avoir réfléchi au sujet imposé – la biographie d'un personnage célèbre –, Éolia avait décidé de parler de son aïeul, le roi Florian V. C'était celui qu'elle aimait le plus, notamment parce qu'il avait fait construire le palais royal et, surtout, ses fameux passages secrets ! Elle travailla tellement à son devoir du lendemain qu'elle s'endormit dessus, sans même serrer dans ses bras Paloma, sa poupée du lundi soir.

Vaguement honteuse de ne pas avoir secouru Maeva, elle se réveilla brutalement le lendemain matin aux alentours de six heures. Paloma était à moitié enfouie dans les couvertures, le visage caché sous un oreiller.

Tant mieux. Comme ça, elle ne me regardera pas de travers parce que je n'ai pas rêvé cette nuit.

Puisqu'il lui restait encore une heure avant de se lever, Éolia retomba dans un demi-sommeil agité. Dans son rêve, elle entendait les vents secouer les fenêtres de sa chambre, comme s'ils voulaient entrer pour la punir d'avoir été aussi peureuse. En écoutant mieux, elle reconnut les bruissements, les frémissements et les murmures caractéristiques du langage des arbres.

L'instant d'après, sans l'avoir cherché, elle fut projetée dans la forêt obscure, marchant entre les grosses racines et tenant sa poupée par la main.

— Il faut retrouver l'endroit où les arbres retiennent Maeva, lui dit-elle en écartant un rideau de branches.

Éolia fut étonnée de constater que Paloma était déjà au courant des événements, car elle ne lui en avait rien dit. *Que je suis bête! Mes poupées magiques doivent sûrement communiquer entre elles!*

Paloma s'arrêta.

— Écoute! Les arbres, ils parlent...

— Tu dois nous aider, gronda un vieux sapin au tronc grignoté par des champignons noirs.

— Elle est douée, elle va réussir, murmura un joli mimosa dont le feuillage palmé, chargé de petites boules jaunes, embaumait le sous-bois.

Elles arrivèrent enfin à l'orée d'une grande clairière au centre de laquelle trônait un frêne magnifique. Ses racines, sur lesquelles poussaient de jolies fleurs blanches, frémirent sous les pieds d'Éolia et de Paloma, qui firent très attention de ne pas les écraser. Étrangement, une fois qu'elles furent sorties des toits ombragés des hauts feuillages, la lumière n'était pas plus vive, car des arbres venus de la forêt les avaient suivies.

— Ils sont là pour nous garder prisonnières, glissa-t-elle à l'oreille de Paloma.

Éolia dramatisait la situation. Les arbres s'étaient certes déplacés, mais uniquement pour entendre la solution qu'elle avait trouvée à leur problème.

— Nous t'écoutons ! déclara le grand frêne. Quel est ton plan ?

Éolia se sentit aussi intimidée que si mille paires d'yeux l'avaient scrutée sans gêne, attendant qu'elle leur dise quelque chose d'intelligent.

— Je…, heu…

Soudain, l'air se refroidit. D'abord attentifs, les arbres se mirent ensuite à bruire d'impatience. Éolia ne savait pas quoi répondre au grand frêne car, en vérité, elle n'avait réfléchi à aucun plan. Ne voulant pas lui mentir, elle réagit comme elle en avait l'habitude avec Madame Étiquette. À sa question, elle répondit par une autre question :

— Qu'avez-vous fait de Maeva? Je ne dirai rien avant de savoir.

Sentant que la jeune princesse avait besoin d'être rassurée, Paloma lui serra la main. Les arbres se rapprochèrent les uns des autres et se consultèrent dans un affreux tohu-bohu de grincements et de sifflements. Entre leurs branches croisées et leurs racines qui se tordaient dans toutes les directions, Éolia crut apercevoir une fillette de son âge. Elle pensa aussitôt à la fille sans tête de son premier rêve, celle qui se promenait dans la forêt assise dans un fauteuil roulant qui ne laissait pas de trace. Sauf que cette fille-là avait une tête!

Les arbres se retirèrent sans crier gare. Certains bruissaient même furieusement car leur voisin marchait sur leurs racines. Lorsqu'il ne resta plus, dans la clairière, que le grand frêne et son cortège de petites fleurs blanches, la voix douce et claire qu'Éolia avait déjà entendue la veille, sans savoir d'où elle provenait, s'éleva de nouveau:

— Rassure-toi, Maeva se porte très bien. Mais nous la garderons jusqu'à ce que tu aies rempli ta part du marché.

La jeune princesse fit la moue.

— Si votre forêt est menacée de destruction, commença-t-elle en repensant à son interprétation de «l'indice» reçu ce matin pendant le petit déjeuner, j'ignore encore par qui et pourquoi.

Un bruissement glacial accueillit sa réponse.

— Tu as bien deviné, jeune princesse, lui dit le grand frêne. Après en avoir débattu en assemblée, nous avons décidé de t'accorder un délai supplémentaire et de te présenter quelqu'un qui pourra t'aider.

La voix s'éteignit. Éolia écouta encore, car elle n'était pas certaine d'avoir tout compris, quand Paloma la tira par la manche de sa chemise de nuit.

— Regarde !

Une fillette d'une dizaine d'années, brune et plutôt jolie, sortait de l'ombre du tronc du grand frêne en faisant très attention à ne pas marcher sur les fleurs blanches. Contrairement aux poupées magiques, qui étaient somptueusement vêtues, la fille portait, comme Éolia, une chemise de nuit assortie d'un pantalon de pyjama. Elle tourna autour d'Éolia en la détaillant avec curiosité. Enfin, après quelques secondes qui semblèrent

durer une éternité, elle s'exclama joyeusement :

— C'est toi ! C'est toi, la princesse Éolia ! Le grand frêne m'avait dit que tu allais m'aider à sauver la forêt, mais je n'y croyais pas vraiment.

— Oui, je suis Éolia, acquiesça la princesse. Et toi ?

— Je m'appelle Viviane.

Paloma murmura à l'oreille de la princesse :

— Tu as vu, elle est comme toi, elle est en train de rêver...

Ce fut au tour d'Éolia de dévisager la nouvelle venue. Elle était très nerveuse, car c'était la première fois qu'elle rencontrait, dans un de ses rêves, une fille vivante avec qui elle partageait la même aventure nocturne.

Devinant que le grand arbre s'impatientait, Viviane prit Éolia par la main et l'entraîna à l'écart.

— Je vis à Briganne, dans le nord de la Nénucie.

— Je sais où se trouve Briganne, rétorqua Éolia.

Mais devant le froncement de sourcils de la fille, elle se tut.

— Cela fait trois nuits, maintenant, que je viens ici en rêve, reprit la nouvelle venue. Cette forêt existe réellement, tu sais. C'est la forêt de Briganne. Je la connais bien, j'y joue souvent.

— Et cette forêt serait donc vraiment en danger ?

— J'ai entendu des employés d'une des compagnies installées près de chez moi. Ils parlaient de la construction d'une nouvelle usine là où se trouve la forêt.

Éolia n'en croyait pas ses oreilles.

— Mais... qu'est-ce qu'on peut y faire ?

— Tu ne comprends pas ? Si la forêt est détruite dans la réalité, elle disparaîtra aussi du monde des rêves. C'est toujours comme ça que ça se passe.

C'était grave, en effet. Les yeux brillants, la fillette ajouta :

— Tu n'as pas encore visité toute la forêt. Elle est magique. Vraiment magique ! C'est pour que la magie continue à fonctionner dans le monde des rêves que l'on doit absolument empêcher la forêt d'être détruite dans la réalité.

Viviane lui prit les deux mains :

— Je t'en prie ! Moi, je suis pauvre, je ne connais personne. Mais toi, tu es la princesse. Tu connais sûrement des adultes qui pourraient nous aider !

Comme plusieurs branches du grand frêne se balançaient au-dessus de leur tête, Éolia en conclut que l'arbre « tendait l'oreille ».

Il fallait réfléchir, et vite. Il est vrai que son ami le colonel de la garde pouvait peut-être leur prêter main-forte. Seulement, comme c'était un homme très occupé, elle devait être certaine de ne pas le déranger pour rien.

— D'accord. Mais avant, je vais te demander une chose.

Paloma la tira par une manche. Elle tenait à la main un énorme réveille-matin sorti de nulle part et le secouait sous son nez. Drôle de façon de lui dire que l'heure de se lever pour aller à l'école approchait !

— Un instant, Paloma ! Viviane, peux-tu m'envoyer un courriel ?

— Je n'ai pas Internet à la maison.

La princesse grimaça.

— Bon. Alors, écris-moi une lettre dans laquelle tu me diras…

Elle lui murmura quelques phrases à l'oreille puis, comme l'horrible réveil sonnait, elle lui cria le reste. Elle hurlait encore quand, arrachée de son rêve, elle ouvrit les yeux tout grands.

Elle bondit de son lit, ouvrit avec sa clé le tiroir caché dans la base de son matelas, et contempla ses six poupées allongées les unes à côté des autres. Elle recoucha soigneusement Paloma à sa place. Ce faisant, elle se pencha sur Maeva et constata avec angoisse que ses yeux étaient toujours aussi vides.

C'est alors qu'elle prit sa décision.

Le cœur battant, elle décrocha le combiné du téléphone et composa le numéro personnel de son ami le colonel...

4

La source magique

Mardi soir, la limousine blanche du palais contourna le grand magasin de jouets et s'arrêta près du quai de déchargement des marchandises. La comtesse de la Férinière, gouvernante d'Éolia, colla son nez contre la vitre.

— Il y aura sûrement encore du monde, mais j'ai demandé au directeur de fermer son magasin un peu plus tôt, déclara-t-elle. Ainsi, nous ne serons pas trop dérangés.

Allan, le garde du corps, descendit de la voiture et inspecta les environs.

— Deux policiers en civil nous attendent dans l'entrepôt du magasin, dit-il en aidant Éolia à descendre à son tour.

L'immense stationnement des Galeries de la Pyramide, le plus grand centre commercial de Nénucie, était rempli de voitures. En se couchant, le soleil faisait miroiter les pare-brise, à tel point que la princesse cligna des yeux.

Il aurait été plus simple de me mettre une perruque! Au lieu de ça, tout le monde va me dévisager comme si j'étais un petit animal bizarre!

Aller acheter les cadeaux d'anniversaire de Frédérik au Royaume du jouet était une idée de leur mère:

«Achète ce qui lui fera plaisir!»

Bien entendu, il ne fallait pas être discret. Avec Sophie, tout devait être fait en grand. Éolia était certaine que les journaux du lendemain parleraient de sa visite au magasin et que, tôt ou tard, Frédérik l'apprendrait. Alors, où serait la surprise?

Éolia prit le bras de Madame Étiquette. Elles entrèrent dans l'entrepôt et suivirent les couloirs menant, par la salle des employés, jusque dans le magasin.

Pour ne pas se sentir trop mal à l'aise, Éolia se réfugia dans ses pensées. En la voyant faire, Madame Étiquette sentit grandir sa frustration. Elle était certaine que la princesse ne sourirait pas et qu'elle ne parlerait pas. Résultat : les gens la prendraient pour une petite fille gâtée et prétentieuse.

Tandis que le directeur en personne guidait le groupe dans le rayon des jouets pour garçons, Éolia songeait à la Forêt Qui Avait Un Problème. *Monsieur X n'a pas répondu à mon appel, ce matin, ni à mon courriel. Allan m'a dit qu'il était parti en mission.*

Autour d'eux, les derniers clients faisaient comme si de rien n'était. Mais la fillette savait que tout en choisissant des jouets pour leurs enfants, ils la dévisageaient du coin de l'œil.

Le directeur s'arrêta devant un présentoir exposant les robots miniatures inspirés d'une populaire série de dessins animés qui passait chaque jour à la télévision. Alors qu'il vantait les mérites de ces petits robots transformables, Éolia se remémorait ce qu'elle avait appris sur la forêt de Briganne en naviguant sur Internet.

De bien curieuses légendes couraient sur cet endroit. Au fil des siècles, des gens y avaient vu d'étranges lumières. On parlait d'apparitions lumineuses, d'anges. Les Templiers s'y réunissaient, car au cœur de la forêt se trouvait une source magique qui, disait-on, avait des propriétés thérapeutiques.

Éolia sourit : elle avait lu qu'une mendiante aveugle, au XVe siècle, avait recouvré la vue après s'être aspergé le visage d'un peu de cette eau. Devant l'air ravi de la petite princesse, le directeur crut qu'on allait lui acheter une bonne quantité de ces petits robots. Mais après les avoir pris un instant dans ses mains, la fillette s'en désintéressa.

Pour excuser la conduite de sa protégée, Madame Étiquette expliqua au directeur :

— Son Altesse connaît les goûts de son frère. Regardez ! Je crois que ces armures de chevaliers vont l'intéresser.

Éolia s'arrêta en effet devant la section des déguisements. Elle examina tour à tour un costume de Superman, un autre de Robin des bois, et resta perplexe devant celui d'un clown...

Allan et ses deux collègues de la police observaient les derniers clients qui flânaient dans les rayons. Une fillette de quatre ans montra Éolia du doigt en riant.

L'heure de la fermeture approchait. Dans un haut-parleur, une employée demandait poliment aux clients de se diriger vers les caisses. Le directeur s'épongea le front. Recevoir un membre de la famille royale dans son magasin était tout un honneur. Sans parler du montant de l'achat et des répercussions publicitaires, quand il aurait averti les journalistes de cette visite.

Éolia tomba soudain en arrêt devant la section des jeux de société. Elle prit une boîte dans ses mains et fixa longuement l'illustration couleur. Le jeu s'intitulait « Perdus dans la forêt magique ».

— Je crois que ce jeu lui plaît, s'empressa d'affirmer Madame Étiquette, soulagée qu'Éolia ait finalement décidé d'acheter quelque chose.

Mais, remettant le jeu sur l'étagère, la fillette ne choisit aucun des jouets qui lui étaient proposés. Comme les autres

clients du magasin, elle se dirigea tout droit vers les caisses.

Madame Étiquette ragea entre ses dents :

— Mais qu'est-ce qu'elle fabrique ?

Gênée par la conduite de cette fille qui pouvait tout acheter et qui n'achetait rien, la comtesse demanda à Allan de prendre un article de chaque jouet qui avait « peut-être » intéressé Éolia, au cas où elle changerait d'avis par la suite.

La petite peste ! songea-t-elle en adressant un sourire forcé au directeur.

En regagnant la limousine, Éolia était inquiète. Le jeu de société, le costume de clown : tout, dans ce magasin, lui faisait penser à la forêt de Briganne. Le colonel était absent. Viviane, à qui elle avait demandé de lui prouver que leur rêve était réel, ne lui avait pas encore écrit. Qu'allait-elle bien pouvoir dire au grand frêne?

C'est avec appréhension qu'Éolia s'endormit, ce soir-là. Elle sortit de son tiroir Zofie, sa poupée du mardi, et la prit dans ses bras. Zofie était hongroise, comme la mère d'Éolia. Vêtue d'une somptueuse robe de mousseline blanche, elle avait un visage rieur et des joues rouges. *Je me demande si elle est au courant, pour Maeva,* se questionna la fillette. Elle songea combien ses sept poupées enchantées constituaient pour elle une sorte de famille.

Éolia voulait tellement aider la Forêt Qui Avait Un Problème! Mais il lui fallait d'abord en apprendre davantage sur ce qui la menaçait. Le courriel qu'elle avait envoyé au colonel tenait en quelques lignes: «La forêt de Briganne, située près du village du même nom, est sur le point d'être détruite. Pouvez-vous vous informer, et voir si cela est vrai? C'est une affaire secrète très urgente. Merci. Lia. »

Elle espérait que le colonel puisse lui répondre le lendemain… quand elle s'aperçut qu'elle rêvait. Une clarté mystérieuse, comme un nuage de poudre d'étoile, flottait dans l'âtre de la cheminée magique de sa chambre. La jeune princesse s'y engouffra. Quelques instants plus tard, elle était transportée dans l'un des nombreux mondes qui peuplaient son imaginaire.

De retour dans la forêt de Briganne, Éolia constata avec joie que la lumière filtrant au travers du feuillage était plus gaie. C'était comme si un peintre invisible avait décidé d'effacer d'un seul coup de pinceau toutes les zones sombres de son tableau.

Éolia s'attendait à entrapercevoir, comme la première fois, la fille sans tête, assise dans son fauteuil roulant.

— Regarde qui est là ! s'écria Zofie en écartant une branche de son joli visage en porcelaine.

— Mais… c'est Frédérik !

Le jeune prince était en pyjama. Visiblement, il rêvait, lui aussi. Courbé en deux, il fouillait dans les buissons. Perdu dans ses recherches, il passa devant sa sœur sans même la reconnaître.

— Où sont-ils ? Où les a-t-elle cachés ? marmonnait-il.

— Que cherche-t-il ? demanda Zofie.

Éolia haussa les épaules.

— Il doit sûrement chercher les cadeaux d'anniversaire que je ne lui ai pas encore achetés. C'est une idée fixe.

Des chants d'oiseaux s'élevèrent dans les branches, signe que la forêt était, cette fois, bien plus disposée à accueillir des petits humains que lors de son premier rêve.

Des rires joyeux les attirèrent. Zofie, qui faisait très attention à ne pas salir sa jolie robe, suivit Éolia dans le sentier jusqu'à une clairière parsemée d'amas rocheux. Entre les rochers, sur lesquels étincelaient les rayons du soleil, coulait une source vive.

— Baisse-toi ! lui demanda Éolia en se jetant à plat ventre dans les fourrés.

Zofie lutta contre son envie de fuir cet endroit où elle pouvait si facilement se salir. N'ayant pas vraiment le pouvoir de désobéir, elle ramassa sa longue robe dans ses mains avant de s'accroupir à son tour en ronchonnant.

Des enfants s'amusaient dans la clairière.

— Zofie, tu as vu?

Sa poupée du mardi soir n'était pas la plus maligne de toutes. Comme elle hésitait à répondre, Éolia poursuivit:

— Ils sont tous en pyjama. Cela veut sûrement dire qu'ils rêvent, eux aussi.

En observant attentivement la scène, la princesse s'aperçut que plusieurs enfants étaient vêtus de chemises de nuit faites de draps bleus, comme celles que portent les patients dans les hôpitaux.

La source les aide à guérir plus vite, se dit Éolia.

— Tu as raison, ce sont des enfants malades, lui chuchota une petite voix claire et douce. Tu sais, ils viennent ici chaque nuit et ils se baignent dans les sources magiques.

Éolia garda la bouche grande ouverte. Non, ce n'était pas Zofie qui venait de lire dans ses pensées et de lui parler. C'était plutôt cette voix mystérieuse et si belle qu'elle avait déjà entendue dans ses rêves précédents. La jolie voix cristalline se tut. De nouveau, Éolia entendit le rire des enfants se répercuter aux quatre coins de la clairière. Zofie poussa soudain un cri effrayé :

— Regarde, Lia !

Derrière des arbustes, la princesse entrevit cette fille sans tête, assise dans son fauteuil roulant, qui la hantait depuis le début de cette aventure. Malgré sa peur, elle se redressa… Trop tard ! La fille avait de nouveau disparu.

— Qui peut-elle bien être et que me veut-elle ?

— Regarde, là ! répéta Zofie sur un ton plus enjoué.

La poupée montra du doigt l'un des enfants qui jouaient.

— Mais… c'est Maeva ! s'exclama la princesse.

Un froissement dans les buissons lui rappela qu'elles étaient en embuscade. Prête à affronter un arbre en colère ou une racine relevée comme un serpent, Éolia se retourna vivement…

— Oh ! C'est toi, Viviane !

La fille avait l'air surprise.

— Pourquoi te caches-tu ? Viens plutôt nous rejoindre dans la clairière !

Ce rêve était si réel, si précis, qu'Éolia repensa à ce que lui avait dit Monsieur

Monocle, son majordome : « Les rêves sont une source de joie, Altesse. Mais si vous en abusez, vous serez très fatiguée le matin venu, et vous aurez du mal à suivre vos leçons à l'école. »

Monsieur Monocle sait de quoi il parle, c'est lui qui m'a appris à rêver. Cependant, l'invitation de Viviane était si tentante qu'Éolia oublia qu'elle avait un examen de mathématiques, le lendemain.

— Tu sais, Lia, je me suis informée, lui confia Viviane. Les arbres ont entendu des rumeurs étranges. Ils parlent d'une usine qui s'appelle « Gontag ». Elle fabrique des pneus pour les voitures et les tracteurs.

Comme elles arrivaient près de la source magique dans laquelle les enfants trempaient leurs pieds, Éolia crut reconnaître l'un des arbres. *C'est le grand frêne et son cortège de petites fleurs blanches. Ma parole, mais il est partout, celui-là !*

— As-tu reçu ma lettre, Lia ? lui demanda la fillette.

Justement, non. Éolia se demandait si son amie avait bien compris comment elle devait s'y prendre pour lui écrire au palais royal.

— Je te l'ai écrite et envoyée dès que je me suis réveillée, hier matin, en faisant exactement comme tu m'as dit.

— Il est vrai que recevoir une lettre est plus long que recevoir un courriel, admit la princesse.

Soudain, alors que Viviane s'était remise à parler de la compagnie Gontag, Zofie s'écria :

— Lia ! Quelqu'un est entré dans ta chambre !

La princesse eut, en effet, l'intuition d'un danger. Dans le monde réel, son sommeil était menacé. Par quoi ? Par qui ? Tant qu'elle resterait dans son rêve, elle ne le saurait pas.

Sans qu'elle ne puisse rien faire, les arbres, la lumière, les rires, Viviane, les enfants, tout s'estompa, comme gommé par la main du mystérieux peintre invisible.

Puis elle s'éveilla dans son lit.

Éolia alluma sa lampe de chevet. Son réveil indiquait deux heures quinze. Une vague odeur d'eau de cologne flottait dans l'air. Elle inspecta sa chambre. Personne. Enfin, elle aperçut un morceau de papier plié en quatre, posé sur sa commode. Le message était bref.

Altesse,

Après m'être informé auprès du ministère de l'Environnement, je puis vous assurer que la forêt de Briganne n'est pas menacée de destruction. On m'a même affirmé que ce périmètre avait été déclaré «zone verte». Ce qui veut dire que personne ne peut y toucher.

Bien à vous,
Xavier Morano, colonel de la garde

Ainsi, se dit Éolia, *Monsieur X est revenu de mission. Il s'est glissé dans les passages secrets pour me laisser ce mot.*

Pourtant, le colonel avait tort. Ces rêves si réels, si précis, ne pouvaient être que de simples songes.

Mais comment le lui prouver ?

5

NENUCIE

L'enveloppe rose

Mercredi matin, Éolia se leva une heure plus tôt et descendit dans la salle où l'on traitait le courrier destiné à la famille royale. Comme cela faisait deux jours de suite que la princesse s'y montrait le bout du nez, alors que d'habitude elle n'y mettait jamais les pieds, les employés se regardèrent, surpris.

Mais une fois encore, la lettre tant attendue n'était pas arrivée.

— Vous en êtes sûrs ? demanda Éolia en fouillant elle-même dans les trois bacs remplis d'enveloppes.

Il y en avait de toutes les couleurs. Malheureusement, aucune n'arborait les marques distinctives qu'Éolia avait indiquées à Viviane au cours de leur premier rêve.

Persuadée que la lettre était bien arrivée mais qu'on la lui cachait pour une raison mystérieuse, Éolia regagna ses appartements juste avant que Madame Étiquette ne vienne officiellement la réveiller.

À l'école, elle eut tout faux à son examen de mathématiques et fit des erreurs grosses comme des montagnes dans sa dictée.

En rentrant au palais, Frédérik la harcela sans relâche pour qu'elle lui révèle quels cadeaux elle lui avait achetés pour son anniversaire.

— Et la carte ? M'as-tu écrit une carte de fête ?

Elle fit semblant de l'étrangler, et il éclata de rire.

C'est bien connu, un malheur n'arrive jamais seul... À cause de ses piètres résultats scolaires de la semaine, sa mère lui tira les oreilles. Comme si elle s'en préoccupait réellement entre ses galas de charité et ses séances de massage !

La nuit de mercredi à jeudi ressembla à un grand trou noir dans lequel Éolia tomba sans faire le moindre rêve. À tel point qu'elle crut que la Forêt Qui Avait Un Problème la boudait parce qu'elle n'avait toujours pas trouvé de solution. Les arbres en colère allaient-ils se venger sur Maeva ?

Tout dépend de cette lettre. Sans elle, je ne peux rien prouver. Le colonel ne m'aidera pas sans preuve. Si j'avais su qu'une lettre prenait autant de temps à arriver, je m'y serais prise autrement !

Jeudi matin, elle redescendit en robe de chambre dans la salle du courrier. Mêmes regards embarrassés, mêmes grimaces sur les visages des préposés.

Vendredi matin, Éolia fut tirée de son sommeil par une délicieuse odeur de petits pains chauds. Elle cligna des yeux. Son réveil indiquait six heures vingt-cinq. Éolia adorait les petits pains frais cuits dans les cuisines du palais. Grâce à ses relations avec les domestiques, elle était la première à en recevoir.

Monsieur Monocle, son majordome, empruntait les passages secrets pour lui en apporter. Puis il repartait comme il était venu.

C'est en soulevant son assiette, ce matin-là, qu'Éolia aperçut l'enveloppe rose glissée dessous. On y avait tracé au feutre mauve, à côté de l'adresse du destinataire, une sorte d'étoile : le sceau personnel d'Éolia dessiné par Viviane ! Les mains tremblantes, elle décacheta l'enveloppe et lut la lettre qui était adressée à Mademoiselle Christelle Morano, du nom de la nièce imaginaire du colonel ; un pseudonyme que la princesse utilisait de temps en temps pour s'amuser.

Elle se retourna vers Bérangère, sa poupée française :

— Tu te rends compte ! Viviane existe ! Elle existe réellement !

La tête enfouie dans les couvertures, Bérangère ne répondit pas, ce qui était parfaitement normal puisque ses poupées ne prenaient vie que durant ses rêves.

Éolia relut la lettre à trois reprises.

« Je m'appelle Viviane Folanger, je vis à Briganne près de la forêt où l'on se trouvait toutes les deux en rêve, cette nuit. Je te confirme ce que l'on a vu. La forêt est vraiment en danger. Tu as une poupée qui s'appelle Maeva. Les arbres retiennent son âme en otage. Tu m'as aussi parlé d'un colonel qui pourrait peut-être nous aider. »

Éolia sentit son cœur battre très vite dans sa poitrine. Pour la première fois, une autre personne qu'elle pouvait témoigner que ces rêves-enquêtes étaient réels ! Viviane terminait sa lettre en lui donnant, comme Lia le lui avait demandé, son numéro de téléphone.

Sept heures moins vingt-cinq. Si je me dépêche, j'ai tout juste le temps...

Le cadre en pied glissa de côté dans le mur, révélant une cage d'ascenseur. Éolia y pénétra : le cadre, qui représentait un clown en plein numéro, reprit sa place initiale. Le passage secret s'étant refermé, la fillette monta dans l'ascenseur. Elle le mit en marche en direction du grenier où se trouvait ce qu'elle appelait sa « pièce secrète », spécialement aménagée dans les combles.

Les murs avaient beau être recouverts de plâtre, les grosses poutres du toit sentaient un peu la poussière. Mais elle s'en moquait. Ici, c'était chez elle. Un grand bureau sur lequel s'alignaient plusieurs petits téléviseurs occupait une partie de l'espace. Éolia se planta devant sa longue coiffeuse sur laquelle plusieurs perruques ainsi que des faux nez et un matériel complet de maquillage composaient un joyeux fouillis. La princesse était particulièrement fière de son télescope monté sur trépied. Cet instrument sophistiqué lui permettait d'observer les cratères de la Lune mais aussi, au besoin, les jardins entourant le palais et les beaux quartiers de la ville.

Mais ce n'est pas pour cela qu'Éolia était montée dans sa pièce secrète. Elle inspira profondément, s'assit à son bureau et décrocha le combiné du téléphone. Cette ligne, indépendante du système téléphonique du palais, était la sienne et personne, à part le roi, la reine, Monsieur Monocle et le colonel de la garde, n'en connaissait le numéro.

Elle composa celui de Viviane, attendit trois sonneries... Et si ce numéro était faux? Enfin, on décrocha.

— Viviane? s'enquit la princesse, hésitante.

— Non, je suis sa mère, répondit la femme.

La princesse soupira de soulagement. Un silence gêné s'installa.

— Bonjour, madame. Excusez-moi de vous déranger. Je voudrais parler à Viviane, s'il vous plaît.

— À cette heure-ci! C'est de la part de qui?

La fillette décida de jouer le tout pour le tout.

— Je suis la princesse Éolia.

Durant les secondes qui suivirent, elle imagina la tête que devait faire la mère de Viviane. Recevoir, très tôt le matin, un appel de la princesse de Nénucie avait de quoi surprendre. Elle craignit que la femme ne la croie pas. Peut-être même allait-elle raccrocher brutalement...

— Un instant, finit par répondre la mère.

Une minute passa, puis une autre...

— Éolia?

— Viviane! J'ai enfin reçu ta lettre. Je suis si heureuse!

— J'étais sous la douche.

Une pause.

— Éolia, je suis allée dans la forêt, cette nuit...

— Moi, je n'ai pas réussi à rêver.

Sept heures allaient sonner. Éolia alluma ses minipostes de télévision. Reliés à un système de caméras de surveillance placées aux endroits stratégiques du palais, ils lui permettaient de guetter les allées et venues. Tout en écoutant Viviane, la princesse régla l'image sur Madame Étiquette, qui avait chaque matin le devoir de la réveiller.

— J'ai appris du nouveau, lui confia Viviane. Et de ton côté ?

Madame Étiquette marchait dans le couloir du roi en direction des appartements de la princesse.

— Le colonel m'a dit que la forêt ne courait aucun risque, répondit Éolia. Elle a été déclarée « zone verte ». Personne ne peut y toucher.

— Je n'y crois pas.

— Qu'as-tu appris ?

Madame Étiquette entra dans l'antichambre des appartements. Éolia fit un gros plan sur son visage car, dans quelques instants, la comtesse allait faire une drôle de tête…

— Les arbres situés près des terrains de la compagnie Gontag ont entendu deux directeurs parler entre eux.

Éolia imagina deux hommes marchant et discutant sous les feuillages. Ils s'étaient sûrement crus à l'abri des indiscrétions. Elle eut envie de rire. D'autant plus qu'au même moment, elle aperçut la comtesse, la mine sévère, qui découvrait que la princesse n'était pas dans son lit!

— Figure-toi, reprit Viviane, qu'ils ont dit que la forêt n'en avait plus que pour quelques jours. D'après les arbres, le gouvernement a donné à la compagnie Gontag le droit d'entamer les travaux.

— Mais c'est impossible… commença la princesse en songeant à ce que lui avait écrit le colonel.

— Les arbres sont formels. Les directeurs ont dit que les bulldozers arriveraient lundi matin.

Éolia n'avait plus du tout envie de rire même si, sur l'écran de télévision, Madame Étiquette criait qu'Éolia était «une petite peste» qui ne cherchait qu'à lui causer des ennuis.

— Nous n'avons plus que quatre jours pour agir.

— Oui, mais que pouvons-nous faire? demanda Viviane.

Éolia réfléchissait. Les informations transmises par la jeune fille étaient certes intéressantes. Mais seraient-elles suffisantes pour forcer le colonel à intervenir ?

— Éolia, je dois te laisser, reprit soudain Viviane. Ma mère croit que tu n'es pas réellement la princesse. Elle pense que je parle à une de mes amies.

Éolia eut envie de lui dire que sa mère avait raison, qu'elle était son amie. Mais il y avait plus urgent.

— Est-ce tout ce que tu as appris, cette nuit ?

— Heu… les arbres ont aussi ajouté quelque chose que je n'ai pas compris.

— Dis toujours, on ne sait jamais.

— Ils ont parlé d'une maison dans la montagne. Ils ont dit : « Les papiers seront signés dimanche dans la maison du Grand Écureuil. »

Éolia désirait demander des précisions à Viviane, mais celle-ci venait, hélas, de raccrocher.

Le Grand Écureuil.

Qu'est-ce que cela pouvait bien vouloir dire ?

6

L'écureuil
sans moustaches

Éolia eut bien du mal à se concentrer sur ses cours, ce jour-là. Elle ne cessait d'imaginer, sautillant autour d'elle, un drôle d'écureuil insaisissable. Sa voisine de pupitre, fille d'un magnat de la presse, l'avait regardée avec des yeux ronds comme des pièces de monnaie.

— Le prof te surveille. Tu es sûre que ça va ?

Ça allait. Seulement, lorsque la cloche sonna enfin seize heures trente, la jeune princesse avait un sacré mal de tête. Dans le long corridor semé de porte-manteaux planait une odeur de bois, de poussière et de chaussettes. Ce qui, ajouté aux cris des élèves et à la présence de plusieurs photographes, n'aidait pas sa migraine.

Éolia n'était pas d'humeur, aujour-d'hui, à supporter les assauts effrontés des paparazzis. Dehors, le temps était à l'orage. L'ombre des nuages, comme d'immenses ailes d'oiseaux, répandait dans l'école une lumière froide. Lorsqu'un flash lui éclata en pleine figure, elle cher-cha désespérément des yeux la haute silhouette familière de son garde du corps.

Allan fendit la foule des élèves et repoussa le reporter qui s'apprêtait à mettre son micro sous le nez de la prin-cesse. Un instant, à la vue des papa-razzis, elle avait cru étouffer. Allan la prit par les épaules et, sans cesser de s'excu-ser auprès des journalistes, il la condui-sit jusque dans la cour où les attendait la limousine blanche du palais.

Indifférente aux paparazzis qui se plaignaient de son manque de coopération, Éolia s'engouffra dans la voiture et referma violemment la portière sur elle. Deux surprises, une bonne et une mauvaise, l'attendaient.

— Lia! Veux-tu que je te lise mon histoire?

Les joues rouges d'excitation, son frère ne cessait de remuer sur son siège. La limousine franchit les grilles de l'école et tourna sur le boulevard de Nénucie. Le garçonnet tenait son album à la main et souriait comme si le mot « problème » n'existait pas. Depuis quelques jours, déjà, Frédérik l'embêtait avec ses bandes dessinées : « Toi, tu me lis bien des histoires, le soir! Alors, est-ce que je peux te lire la mienne? »

Mais le moment était très mal choisi. *Les bulldozers vont débarquer lundi matin dans la forêt. Il ne nous reste que trois jours,* pensa Éolia en envoyant un regard noir à son frère. Frédérik grimaça. Puis, le cœur gros, il se plongea dans sa lecture.

Heureusement, la seconde surprise était là, en la personne du colonel de la garde.

— Monsieur X! s'exclama-t-elle, les yeux pétillants.

L'homme toucha sa casquette d'un geste qui lui était familier. Éolia s'assit à côté de lui sur la banquette, tandis que Frédérik reniflait tristement dans son coin.

— Ça tombe bien, il fallait que je vous parle, lui dit Éolia.

Il sourit sans répondre.

— C'est au sujet de…

Elle s'aperçut que Frédérik tendait l'oreille. Elle continua, plus bas :

— La forêt de Briganne est réellement en danger, Monsieur X. Je crois que les gens du Ministère vous ont menti.

Il y eut un silence gênant, tandis que la limousine franchissait une zone de travaux. Le colonel se pencha vers elle.

— Moi aussi, Votre Altesse, je le crois…

Éolia se demandait si elle rêvait de nouveau. Ainsi, le colonel était d'accord. Il la prenait au sérieux !

— Après mon premier coup de téléphone au Ministère, expliqua-t-il, j'ai eu un doute. L'employé avait une voix morose, mais quand j'ai mentionné le nom de Briganne, il s'est animé tout d'un coup, comme sous l'effet d'un choc électrique.

Lia imagina un fonctionnaire obèse tressaillant sur sa chaise. Le ton du colonel était celui du secret.

— Aujourd'hui, j'ai fait une seconde tentative, en me faisant passer, cette fois, pour un notaire réputé intéressé par l'achat de terrains dans la région de Briganne. Un autre employé du Ministère m'a répondu, et...

Comme il est malin, le colonel! C'est pour ça, sans doute, qu'il est aussi le chef des services secrets de grand-père!

— ... figurez-vous que la forêt n'a pas été déclarée «zone verte». Tout le monde peut l'acheter!

Éolia ouvrit la bouche toute grande, mais elle ne put prononcer un traître mot. La limousine prit la rue des casernes, et s'engouffra dans la longue allée bordée de cyprès qui conduisait jusqu'à l'esplanade du palais. Tapant impatiemment du pied, Madame Étiquette les attendait sur le perron. La princesse raconta à l'officier ce qu'elle avait appris grâce à sa conversation avec Viviane.

— Des documents à signer! s'exclama le colonel, indigné. La compagnie Gontag, dites-vous?

— Ils fabriquent des pneus.

— Mais quel rapport cela a-t-il avec le ministère de l'Environnement?

Toujours aussi vexé, Frédérik sortit le premier sans leur accorder un regard. Éolia confia alors à Monsieur X l'étrange révélation de Viviane.

— Dimanche, à la campagne, dans la maison du Grand Écureuil, répéta le colonel en s'appropriant ces paroles bien énigmatiques.

— D'après le rêve de Viviane, il semble que ces fameux papiers seront signés, approuva Éolia en descendant à son tour de voiture.

L'officier lui remit son cartable. Il la suivit des yeux tandis qu'elle entrait dans le palais, talonnée par une Madame Étiquette froufroutante dans sa robe de tulle noire. Si la princesse avait pu voir le visage du colonel, elle y aurait lu un trouble profond, et même de l'inquiétude…

Ce soir-là, Éolia eut la surprise de recevoir des nouvelles de Monsieur X. Il l'appela sur sa ligne privée aux alentours de vingt-deux heures, soit juste après que l'interminable repas auquel il avait pris part en compagnie du roi et d'un célèbre golfeur ne se termine enfin. Monsieur Monocle avait apporté à la fillette sa tisane à la menthe, puis il s'était retiré en silence.

— Vous m'avez parlé d'un écureuil, cet après-midi, Altesse…, lui dit le colonel au téléphone.

Le cœur d'Éolia se mit à battre très fort.

— Je suis un héraldiste.

— Un quoi?

La princesse était stupéfaite. Elle s'attendait à une révélation, pas à un mot qui ressemblait à une sorte d'animal comme il en existe dans les contes fantastiques!

— Pardonnez-moi, je m'explique. J'aime étudier les armoiries, les vieux blasons des familles nobles.

Il avait l'air gêné de parler ainsi de lui-même, de ses passions. Éolia savait ce qu'était un blason. La famille royale en possédait plusieurs, et ils étaient vieux de quelques centaines d'années. Elle-même avait demandé à son grand-père d'en créer un spécialement pour elle. Une lune dans laquelle se trouveraient quelques étoiles de lumière, sur un fond de couleur mauve, le tout enfermé dans un blason.

Le colonel poursuivit :

— En feuilletant mon encyclopédie des blasons héraldiques des grandes familles de Nénucie, je suis tombé sur un écureuil couronné dessiné dans un écu de chevalier.

— Et alors ?

Le colonel se mit à parler des couleurs, des formes et des symboles que l'on trouve souvent dans un blason. Il dit aussi que les blasons représentaient autrefois l'essence même d'une famille : ses racines, son parcours, son âme.

— Mais qu'est-ce que ce blason a à voir avec la forêt de Briganne ? l'interrompit Éolia, qui tombait de sommeil.

Monsieur X ajouta d'une voix un peu rauque :

— Ce blason orné d'un écureuil appartient à la famille Demourre.

Comme Éolia ne réagissait pas, le colonel précisa :

— C'est le nom du ministre de l'Environnement, Paul Demourre.

Ces mots se frayèrent un chemin dans l'esprit fatigué de la princesse.

— Vous voulez dire que...

— S'il faut en croire le témoignage de ces arbres qui vous ont parlé en rêve, le ministre lui-même est sans doute impliqué dans cette affaire, Votre Altesse.

Éolia craignit de déceler dans sa voix un soupçon de moquerie. Comme il n'y en avait pas, elle se recoucha dans son grand lit à baldaquin. Le colonel savait-il dans quoi il venait de s'embarquer, en lui faisant cette confidence ?

Une idée fulgurante la frappa comme un éclair. Pour la mettre en pratique, elle avait besoin de l'aide de Viviane, ainsi que de son ami l'Ambassadeur de lumière...

Le ministre avait perdu son fils, et il le cherchait désespérément dans une forêt lugubre depuis un moment qui lui semblait durer une éternité. Il écarta une longue palme verte de son visage et pesta, car cet endroit lui rappelait un horrible souvenir d'enfance.

Des forêts comme celle-là, se dit-il, *dense, touffue, murmurante et ombragée, n'existent plus de nos jours.*

En prenant conscience de sa tenue, un pyjama bleu, rayé de rouge en soie authentique, le ministre admit qu'il était bel et bien en train de rêver. De rêver avec une telle lucidité d'esprit qu'il en tremblait de la tête aux pieds. Il se rappela le début de son rêve. *Mon fils Ludovic a disparu, et je suis venu ici pour le retrouver.*

Au même instant, il s'aperçut de l'absurdité de la situation. Au-dessus de lui, les lourds feuillages tressaillirent. Un vent sournois avait remué les branches. Le ministre eut l'impression d'une présence à ses côtés. Il en fut si troublé qu'il trébucha sur une racine. En regardant le sol, il vit bouger quelque chose dans l'obscurité. Son cœur fit un bond dans sa poitrine.

Instantanément, il revécut ses frayeurs d'enfant lorsque, à l'âge de six ans, au cours d'un pique-nique avec ses parents, il s'était égaré dans un bois. La sueur lui colla son pyjama sur le corps. Il eut envie de crier, de se réveiller.

— N'ayez pas peur, murmura soudain une petite voix.

Quelque chose lui prit la main. Il n'en croyait pas ses yeux! Une poupée en porcelaine douée de la parole se tenait devant lui, au milieu du sentier ombragé!

— Je m'appelle Maeva.

Je délire! se dit-il en détaillant le visage angélique de cette poupée à la longue chevelure noire, vêtue d'un paréo comme en portent les habitants des îles du Pacifique Sud.

— Allons rejoindre les autres! lui proposa-t-elle en tapotant gentiment le dos de sa main.

L'air un peu ridicule dans son austère pyjama rayé, le ministre se laissa conduire jusqu'à la clairière où s'amusaient des enfants. Demourre fut heureux de voir disparaître au-dessus de sa tête ces étouffants feuillages, et de sentir enfin la chaleur du soleil sur sa peau. Cette clairière chatoyante emplie de rires d'enfants ressemblait à un véritable jardin enchanté.

L'herbe, le ciel, le feuillage des arbres alentour irradiaient de couleurs vives mais douces. L'air caressait le visage du ministre. Jaillissant entre des rochers, une cascade d'eau claire coulait dans un petit lit de pierre. Barbotant dans ce ruisseau tumultueux, quelques enfants s'éclaboussaient joyeusement. Demourre les considéra quelques instants, et s'étonna de la lumière qui baignait leur corps.

Sentant un souffle tiède dans son dos, Demourre se retourna vivement et dévisagea le clown souriant qui venait d'apparaître à ses côtés. Le ministre n'aimait pas les clowns. Petit, il voulait toujours aller au cirque. Mais son père, un célèbre avocat, lui avait expliqué que derrière leur masque, les clowns n'étaient que de simples hommes, que leur magie n'existait pas.

Inexplicablement, Demourre se sentit mal à l'aise. Cela ne tenait pas au fait que le clown n'était pas vêtu comme lui d'un pyjama, mais plutôt à ses yeux bleus qui disparaissaient presque complètement sous son épais maquillage.

— Où sommes-nous? demanda le ministre pour se donner contenance.

À quelques pas de là, les rires d'enfants redoublèrent. Demourre les regarda et resta stupéfait.

— Mais… c'est mon fils!

Ludovic jouait en effet à éclabousser les autres. Sachant combien son fils était d'ordinaire un enfant solitaire et studieux – comme lui au même âge –, le ministre eut du mal à le reconnaître.

— Cet endroit est magique, le saviez-vous? déclara le clown en lui offrant son plus beau sourire. Voyez-vous, poursuivit-il, cette forêt est située au cœur d'un centre énergétique de la Terre.

Demourre fut un peu effrayé, car le clown semblait plus grand que nature.

L'Ambassadeur de lumière scruta intensément le ministre pour que ses paroles s'imprègnent bien dans son subconscient. Malheureusement, sa tentative semblait avoir échoué, car celui-ci fronça les sourcils.

Sans répondre à ce clown qu'il jugeait prétentieux, Demourre alla trouver son fils et le tira par la main.

— Viens, Ludovic. Nous partons!

Mais le garçon s'amusait trop pour obéir. Il résista à la poigne de son père, tant et si bien que le ministre fut obligé d'entrer dans le ruisseau jusqu'aux genoux. L'eau était tiède et pure. Conscient de se trouver dans un rêve pour enfants et non pour adultes, Demourre s'empressa de sortir de l'eau.

Il regarda en direction des rochers d'où jaillissait la source, et aperçut deux fillettes assises qui le dévisageaient. Une d'elles, surtout, retint son attention. Après quelques secondes, il agrandit les yeux car il venait de reconnaître la princesse Éolia.

Décidément, se dit-il, *ce rêve est vraiment mal fréquenté. Il sent le piège à plein nez.*

Il recula et se cogna contre le clown qui s'était approché de lui sans faire le moindre bruit.

— Vous m'avez posé une question, tout à l'heure. Sachez, monsieur le ministre, que nous nous trouvons dans la forêt de Briganne.

Un piège..., se répéta Demourre en serrant les dents. Perchées à trois mètres au-dessus de lui, les deux filles riaient. La poupée de porcelaine, qui l'avait conduit jusqu'ici, riait elle aussi. À dire vrai, tous les enfants s'étaient arrêtés de jouer et semblaient maintenant se moquer de lui.

Éolia sauta par terre.

— Quels sont ces papiers qui doivent être signés entre la compagnie Gontag et vous, dimanche après-midi, dans votre maison de campagne, monsieur le ministre?

L'homme bouillait de colère. Qui osait ainsi profiter de ses rêves pour le soumettre à un interrogatoire? *Je vais vous faire arrêter, moi!* pensa-t-il, tout en sachant qu'en cet endroit, il n'avait aucun pouvoir.

— Tu veux vraiment faire détruire la forêt, papa? lui demanda son fils, les yeux écarquillés.

Demourre détestait voir cette expression un peu stupide peinte sur le visage de son fils, car elle lui rappelait trop sa propre figure au même âge, quand il regardait son père, le grand avocat.

Furieux d'avoir été démasqué, Demourre s'empara de force de la main de son fils. Il était si contrarié qu'il s'aperçut à peine que tout, autour de lui, perdait de sa réalité. Les arbres s'effaçaient, le ciel pâlissait, l'herbe, sous ses pieds, devenait irréelle. Plus que tout, le visage du clown disparaissait, lui aussi.

À son grand soulagement, le souffle court et le front inondé de sueur, Demourre se réveilla dans son lit...

Lorsque le ministre et son fils eurent disparu de la clairière, l'Ambassadeur s'approcha de Viviane et d'Éolia. Maeva trottina et vint prendre la main de la princesse. Comme elle souriait, la fillette en déduisit que sa poupée, qui était encore l'otage des arbres de la forêt, était bien traitée. Cela la mit de bonne humeur, même si son plan de faire entendre raison au ministre avait échoué. L'Ambassadeur de lumière posa ses mains sur les épaules de la princesse.

— Ton idée était bonne, Éolia. Attirer Demourre dans la forêt aurait pu lui faire prendre conscience de l'importance de cet endroit.

— Dommage qu'il ne soit pas resté dans le ruisseau plus longtemps, déplora Viviane en prenant un peu d'eau magique dans le creux de ses mains.

— Il a perdu son cœur d'enfant. Il ne peut pas comprendre. Mais restons positifs, ajouta l'Ambassadeur. Sa réaction nous montre qu'il n'est pas innocent.

Éolia ne parlait pas. Elle réfléchissait.

— Si la forêt est détruite sur Terre, elle cessera d'exister ici, et les enfants malades ne pourront plus y venir pour guérir plus vite, laissa tomber Viviane en faisant les cent pas.

Éolia s'accroupit et caressa les ravissantes petites fleurs blanches qui venaient d'apparaître à ses pieds. Elle était surprise de ne pas avoir rencontré, cette fois-ci, la mystérieuse et obsédante fille sans tête.

— Ne nous abandonne pas, Éolia! murmura soudain cette voix claire et

fraîche que la princesse avait déjà entendue au cours de ses rêves précédents.

Elle réfléchissait encore lorsqu'elle
s'éveilla, au petit matin, le cœur rempli
de cette lumière sereine qui baignait la
clairière de la forêt invisible.

7

Plan B
en *do* mineur

Le colonel tira sur ses rennes et serra les cuisses autour de sa selle pour ne pas être projeté par-dessus la tête de son étalon.

— Ooooooh!

Sa première émotion passée, il fronça les sourcils et posa les yeux sur l'enfant qui venait de se jeter devant les jambes de son cheval. Quand la fillette détacha la cagoule qui masquait son visage, il se mordit la langue de surprise.

— Votre Altesse?

Derrière le palais et ses dépendances s'élevait une petite colline boisée ainsi qu'un vaste parc à demi sauvage sillonné de sentiers où le roi aimait s'adonner à l'équitation. Ce matin-là, comme presque tous les samedis, le colonel suivait à cheval le monarque dans son exercice hebdomadaire. Le temps était frais et le soleil jouait à cache-cache avec d'énormes cumulo-nimbus blancs.

Monsieur X flatta le cou de son étalon qui piaffait d'impatience. Deux autres agents de sécurité escortaient le roi dans sa promenade équestre, et déjà les trois hommes n'étaient plus dans son champ de vision. *C'est contraire aux règlements,* se dit le colonel.

Situés en plein centre-ville de Massora, le palais et le bois étaient entourés d'un vaste périmètre de clôtures et de murets sans cesse surveillés par des dizaines de caméras et des gardes accompagnés de chiens policiers. Chaque année, la mairie de Massora réclamait au roi l'autorisation de construire des immeubles neufs en bordure du bois, car le besoin de nouveaux logements se faisait cruellement sentir dans la capitale. Tous les ans, le roi se débrouillait pour céder d'autres terrains plus loin du bois, de manière à protéger ce domaine ancestral qui lui était si cher.

Le colonel pensait à tout cela en dévisageant la petite princesse. Soudain, il sut pourquoi elle choisissait de le rencontrer là, en privé, à l'abri des regards indiscrets.

— Il s'agit de votre affaire de forêt menacée, n'est-ce pas ?

Si elle sentait un peu de lassitude dans le ton de voix du colonel, Éolia ne s'en formalisa pas. *Tel grand-père, telle petite-fille,* se dit l'officier en songeant combien le roi et la princesse s'impliquaient dans la défense des causes désespérées.

— La forêt sera détruite lundi matin si nous ne faisons rien, Monsieur X ! déclara-t-elle d'entrée de jeu.

Sachant qu'Éolia ne le laisserait pas repartir avant d'avoir vidé son sac, il soupira, vaincu. Elle ouvrit la bouche, mais il l'arrêta d'un geste impérieux de la main. Puis il décrocha son émetteur-récepteur :

— Chasseur un à chasseurs deux et trois : restez près de l'Aigle. Je vous rejoins dès que possible.

Éolia sourit en entendant le mot de code «Aigle» qui, dans le jargon des agents des services secrets, désignait son grand-père. Comme celui qu'elle appelait affectueusement «Monsieur X» descendait de cheval, elle eut le temps d'apercevoir l'arme automatique qu'il portait sous l'aisselle.

L'étalon donna un coup de sabot sur le sol pour manifester son mécontentement. Éolia comprit qu'elle ne disposait que de quelques minutes.

— Monsieur X, commença-t-elle, j'ai fait un nouveau rêve, cette nuit. Vous aviez raison. Demourre est coupable de quelque chose. Nous l'avons fait venir en rêve dans la forêt, et nous l'avons interrogé.

Le colonel leva un sourcil perplexe. Il lui avait déclaré, sur une impulsion, qu'il croyait Demourre impliqué dans cette affaire, et maintenant il le regrettait. Un ministre de l'Environnement de Nénucie prendrait-il le risque de comploter pour permettre à une compagnie d'acquérir des terrains illégalement? Oui, il regrettait d'avoir dit cela. Il le savait: pour Lia, tout était soit magique, soit secret. Ou mieux encore, *hyper secret,* comme elle disait parfois.

— Lundi matin, pensa-t-il tout haut en lissant sa moustache. Cette forêt est-elle vraiment… *hyper* secrète, princesse ?

Elle lui envoya ce sourire espiègle qu'il aimait tant.

— Soyons sérieux ! Une rencontre doit avoir lieu demain dans la maison de campagne du ministre, ajouta Éolia. C'est là qu'il faut aller, colonel !

L'émetteur-récepteur de l'officier sonna. Monsieur X écouta ses chasseurs deux et trois lui faire leur rapport sur les déplacements du roi. En même temps, il pensait à ce qu'il devait répondre à la princesse. Il avait, quelques mois plus tôt, aidé Éolia à résoudre une affaire d'enlèvements d'enfants grâce aux rêves de la fillette. Il attacha la longe de son étalon à une branche solide.

Décidé à lui faire confiance une fois de plus, il déclara :

— Altesse, je sais où se trouve la maison de campagne de Demourre. Une de mes amies est invitée au barbecue du ministre. Je pourrais m'y faire inviter, moi aussi. J'en profiterai pour ouvrir l'œil et poser quelques questions.

Éolia réfléchit à cette proposition. Ouvrir l'œil… Poser quelques questions…

Cela suffirait-il pour empêcher la forêt de Brianne d'être détruite? Elle savait si peu de choses, déjà! Elle fit claquer sa langue d'impatience.

— Lundi, c'est dans deux jours!

Voyant qu'Éolia n'était pas entièrement satisfaite, le colonel songea qu'elle avait dû prendre plusieurs risques pour le rencontrer de si bonne heure.

Cette histoire de forêt lui tient vraiment à cœur…

Soudain, Éolia sourit. Ses yeux bleus pétillèrent de malice.

Elle a trouvé une idée.

Il ne croyait pas si bien dire.

— Monsieur X, je sais comment faire!

Elle lui murmura à l'oreille quelques phrases qui le firent pâlir.

— Mais… Altesse, vous ne pouvez pas! Demain, vous devez jouer du piano pour l'anniversaire de votre frère devant toute votre famille!

— Voulez-vous parier? répliqua Éolia en gloussant de plaisir.

En entendant les premières notes du *Nocturne Opus 9* de Chopin joué au piano par sa fille, la princesse Sophie fit une grimace. Le salon de musique du palais était bondé. Afin de permettre à tous les invités d'assister à la minireprésentation donnée par Éolia, l'intendant avait dû réquisitionner une douzaine de chaises supplémentaires.

Les spectateurs, cérémonieux et guindés dans leur costume d'apparat, intimidaient beaucoup le jeune prince Frédérik. Il aurait préféré quelque chose de plus intime : manger les fameuses crêpes de sa grand-mère, puis courir dans le parc et grimper aux arbres avec Lia.

Au lieu de quoi, il devait rester assis pendant une heure entière, et écouter de la musique composée par un homme mort depuis plus de cent ans. Heureusement, c'était Éolia qui jouait. Elle jouait pour lui. Rien que pour ça, Frédérik tendait l'oreille et essayait de comprendre ce que les gens pouvaient bien trouver à ces ballades de grands-pères.

Sophie grimaçait toujours, mais entre ses dents, pour ne pas que cela se voie. Oh, ce n'était pas parce qu'Éolia jouait faux que sa mère faisait la grimace. Au contraire, Sophie trouvait qu'elle avait fait beaucoup de progrès, ces dernières semaines. Assise à côté d'elle, Madame Étiquette n'était pas dupe. Sa maîtresse était mécontente, et c'est sur elle que Sophie allait passer sa colère. La gouvernante révisa mentalement les préparatifs de cette petite fête. Elle en conclut que tout avait pourtant l'air de très bien se dérouler.

— Elle joue divinement, entendit-elle murmurer derrière elle.

C'est vrai qu'Éolia se surpasse, aujourd'hui, se dit Madame Étiquette.

La jeune princesse était vêtue d'une robe de mousseline rose qui mettait en valeur son teint de pêche et ses beaux yeux bleus. Son fin collier de perles étincelait sous les projecteurs.

Le roi et la reine semblaient également sous le charme. La gouvernante vit qu'ils se tenaient par la main. Ce n'était pas le cas de Sophie et de son mari, le prince Henri.

Les notes s'égrenaient, toutes plus douces les unes que les autres. Éolia enchaîna tour à tour les trois *Nocturne Opus 9* de Chopin, qui ne se fatiguait vraiment pas pour nommer ses morceaux de musique. Entre chaque *Nocturne,* la salle entière se levait pour applaudir.

Soudain, à la façon dont Éolia salua les spectateurs, Frédérik faillit tomber de sa chaise. Il jeta un coup d'œil à ses grands-parents, puis à sa mère. Enfin, il dévisagea Éolia elle-même…

La jeune princesse venait de se rasseoir. Leurs regards se croisèrent. À cet instant, Frédérik se rendit compte du subterfuge. Ce n'était pas Lia qui jouait du piano, mais Mélanie, son sosie ! La fillette devina qu'elle était découverte. Sa lèvre inférieure se mit à trembler. Tout en suppliant silencieusement Frédérik du regard, elle plaqua ses doigts sur le clavier pour continuer son récital.

Le jeune prince serra les mâchoires. Ainsi, Éolia se moquait de lui. Elle ne l'aimait pas. Aujourd'hui, c'était son anniversaire, et elle préférait être loin de lui pour faire des choses dont elle ne lui disait jamais rien !

Voyant son regard triste, Jeanne, la dame d'honneur d'Éolia, lui pinça les côtes : elle aussi était au courant de la substitution. Mélanie entama la *Valse Opus 69 numéro un* de Chopin. Le jeune prince remarqua que pour ressembler parfaitement à Lia, Mélanie s'était mis des verres de contact bleus, avait teint ses sourcils en blond, et posé sur sa tête une perruque qui reproduisait exactement la coiffure de sa sœur.

Un regard échangé avec sa mère lui serra le cœur. Sophie, qui fronçait les sourcils, s'était-elle aperçue de quelque chose ?

Elle ne sait pas que Mélanie remplace parfois Lia. Si jamais elle l'apprend, ça va chauffer…

Mais un sourire de la reine le rassura. Savait-elle quelque chose, ou bien lui souriait-elle simplement parce qu'elle l'aimait ? La princesse Sophie se tourna soudain vers lui et laissa tomber, de sa voix cassée :

— Ta sœur est une petite peste. Je voulais qu'elle fasse *La Campanella* de Liszt, et elle ne joue que du Chopin. Elle n'en fait décidément qu'à sa tête !

Soulagé, Frédérik espéra que sa sœur n'était pas en train de faire des folies.

Sa déception ne l'empêchait pas d'être très inquiet pour elle…

8

Le barbecue

Éolia regardait défiler le paysage par la vitre de la vieille Peugeot du colonel. Cela faisait presque une heure qu'ils avaient quitté le palais royal. La route du nord serpentait en direction du col de la montagne au milieu d'un moutonnement de champs en escaliers entrecoupés de forêts de chênes-lièges. De temps en temps, ils longeaient un verger d'oliviers. Éolia observait alors les cueilleurs, tandis que le colonel lui expliquait comment les olives seraient ensuite écrasées. C'est ainsi qu'on en tirait la célèbre huile de Nénucie, pressée à froid et entièrement biologique.

Mais la jeune princesse n'écoutait que d'une oreille. Les cigales entonnaient leurs chants stridents et la chaleur lui donnait envie de dormir. En vérité, elle se sentait mal à cause de son absence à la réception d'anniversaire de Frédérik. *Je devrais être en train de jouer du piano, en ce moment.* Elle remercia en pensée son amie Mélanie. *Sans elle, je ne pourrais jamais partir comme ça en mission…*

Mission. Elle se répéta ce mot magique qui excusait sa conduite. *Frédérik est si jeune! Peut-être qu'il ne s'apercevra de rien.* Elle n'en était pas sûre, car malgré son air endormi, son petit frère avait l'œil!

Au moins, grand-mère est au courant. Je lui ai tout raconté. Elle a hésité puis, finalement, elle a dit oui.

— Je vous répète notre objectif, Altesse, déclara le colonel à brûle-pourpoint. Nous nous mêlons aux invités, nous posons quelques questions… Mais, surtout, nous restons en contact visuel. Il y aura beaucoup de monde et je ne voudrais pas que nous nous égarions.

Éolia aimait entendre le colonel lui parler comme à une adulte. Elle sentit cependant qu'il n'avait accepté de l'emmener qu'à contrecœur. Paméla, la jeune femme qui les accompagnait, lui adressait de temps en temps des regards furtifs.

— Votre Altesse, lui avait dit le colonel en frissonnant de la moustache, je vous présente... Paméla, mon... amie...

La jeune femme et elle s'étaient mesurées du regard. Puis l'amie de Monsieur X lui avait tendu la main en lui souriant d'un air bizarre.

— Princesse, je suis contente de faire enfin votre connaissance. Xavier me parle souvent de vous.

Cela fit sourire Éolia d'entendre ainsi prononcé le prénom du colonel!

Afin de ne pas être reconnue chez le ministre, elle avait choisi de se déguiser en fille brune aux yeux noirs. De plus, pour que son déguisement soit complet, elle avait poussé l'audace jusqu'à se mettre dans la bouche un faux appareil dentaire qui lui avançait la mâchoire. Cela lui donnait un petit air stupide qu'elle jugeait du meilleur effet.

Quand Paméla lui avait révélé son métier et la raison pour laquelle elle avait reçu l'invitation qui leur permettait d'aller chez Demourre, Éolia comprit qu'elle ne pourrait jamais aimer cette jeune femme.

— Je suis journaliste, lui avait-elle dit. Journaliste politique. Je dois interviewer le ministre.

Éolia détestait les journalistes. Le colonel, qui le savait, avait aussitôt ajouté pour calmer ses craintes :

— Rassurez-vous, Altesse. Paméla sait garder un secret. Personne n'apprendra jamais que vous n'étiez pas au palais cet après-midi. Officiellement, vous êtes Christelle Morano, ma nièce.

L'emploi de ce pseudonyme, qu'elle avait utilisé pour recevoir la lettre de Viviane, la rassura. *Il faut que je découvre quel est ce document qui doit être signé aujourd'hui,* décida-t-elle. *Le sort de la forêt en dépend.*

Confiante, elle pensa à la minicaméra numérique cachée dans son sac.

— Nous arrivons ! annonça Monsieur X en engageant la voiture dans une longue allée ombragée au bout de laquelle s'ouvrait un parc soigneusement entretenu.

Le colonel avait eu raison de dire qu'il y aurait beaucoup d'invités. Sans doute pour se rendre sympathique aux yeux d'Éolia, Paméla la prit par la main.

— Je vous trouve ravissante, dans votre robe bleue ! lui glissa-t-elle à l'oreille.

— Paméla, mon amie ; Christelle, ma nièce…, disait le colonel en les présentant.

Exceptionnellement, il était vêtu en civil. Il portait un costume beige à rayures brunes qui lui donnait un air emprunté.

Les pelouses étaient noires de monde, et des domestiques stylés servaient aux invités des petits canapés et du champagne sur des plateaux en argent. Du parc montaient des odeurs de mimosa, de lavande et de pin parasol. Attirées par les arômes sucrés, des guêpes tourbillonnaient. Éolia se mêla aux fêtards pour essayer de surprendre quelques conversations. Par moments, elle voyait le colonel parler à l'un ou à l'autre pendant que Paméla, fièrement pendue à son bras, souriait de toutes ses dents. Bien vite, cependant, elle les perdit des yeux.

Soudain, Éolia aperçut le ministre Demourre. *Exactement la même tête que dans mon rêve. Sauf qu'aujourd'hui, il est en costume, et non en pyjama.*

Elle jeta un regard circulaire sur la petite fête. Qui, parmi tous ces hommes à l'allure importante, était le président de la compagnie Gontag? Un orchestre installé sous un chapiteau jouait des mélodies affreusement démodées qui donnèrent à Éolia l'envie de se boucher les oreilles.

Quelques minutes plus tard, Demourre prononça un discours de bienvenue. Puis, il y eut un mouvement de foule vers les tables où l'on servait un buffet froid.

Ma parole, il a disparu! se dit Éolia en n'apercevant plus le ministre.

Elle regrettait d'avoir mis des sandales, car des petits cailloux s'étaient glissés entre ses pieds et les semelles. Incommodée de devoir sourire et parler aux gens alors qu'elle avait mal aux pieds, elle contourna la belle maison du ministre, qui était blanche comme un gigantesque gâteau à la crème. Puis elle longea un sentier bordé par un muret de pierre.

Là, elle put s'adosser, retirer ses sandales et les secouer l'une après l'autre. À peine filtré par le feuillage d'un grand mimosa, un rayon de soleil baignait son visage. Enivrée par les trois gorgées de champagne qu'elle venait de boire, Éolia inspira profondément le parfum sucré émanant de l'arbre. *Peut-être qu'il me voit. Peut-être qu'il entend ce que les gens se disent quand ils passent sous ses branches.* Elle songea à ce que lui avait raconté le vieux frêne, dans ses rêves. *Les arbres ainsi que les plantes existent sur Terre, mais leur vraie vie se passe dans le monde des rêves…*

Soudain, un bruit de roulement à billes troubla la tranquillité du sentier. Éolia eut à peine le temps de tourner la tête, qu'elle vit trois garçons en patins à roues alignées foncer dans sa direction en poussant des clameurs déchaînées. Ils la frôlèrent en ricanant. Puis, ayant fait demi-tour, ils l'encerclèrent. Parmi eux, Éolia reconnut Ludovic, le fils du ministre.

Dans la poussière soulevée par leurs patins, la fillette entrevit leur visage hâlé par le soleil. Vêtus de chemises sales et de jeans tout troués, ils n'avaient que faire de la fête donnée par le ministre à quelques pas de là.

— Qui es-tu?

— Regardez-moi cette tête!

— Drôle de mâchoire! As-tu avalé un fer à cheval?

Ils s'esclaffèrent en se tenant les uns les autres pour rester en équilibre sur ces patins qui leur donnaient des allures de grandes échasses. Éolia sentit la moutarde lui monter au nez, car l'allusion à son faux appareil dentaire ne lui plaisait pas du tout. En se déguisant ainsi, elle avait voulu passer inaperçue. Apparemment, c'était raté.

Prise d'une impulsion subite, elle se rua sur eux et les poussa. Puis elle courut en direction de la maison. Les trois garçons tombèrent à la renverse et jurèrent d'avoir sa peau. Éolia n'avait pas fait dix mètres qu'elle sentit leur souffle dans son dos. Abandonnant le sentier, elle sauta par-dessus le muret en prenant soin de ne pas cogner son sac contre le rebord. Tout essoufflée, maintenant sa perruque sur sa tête d'une main et serrant son sac de l'autre, elle s'égara dans un petit bois contigu à la propriété.

Au bout de dix minutes d'une course effrénée, elle s'arrêta pour reprendre son souffle. *Peut-être que les arbres me regardent...* Elle tendit l'oreille et entendit son cœur tambouriner dans sa poitrine.

Où sont-ils passés?

Comme aucun bruit de roulement à billes ne troublait le chant strident des cigales, elle recommença à respirer normalement. À une centaine de mètres derrière les arbres, le soleil resplendissait sur les dizaines de voitures stationnées.

Si je ne retourne pas à la fête, je ne pourrai rien découvrir.

Après s'être assurée que les garçons ne l'attendaient pas pour lui jouer un sale tour, elle reprit la direction du parc. Alors qu'elle commençait à peine à entendre le brouhaha des invités, des bruits de pas lui parvinrent. Effrayée, elle se colla contre le tronc de ce qui ressemblait à un vieux frêne. *C'est peut-être le frère jumeau de celui de la forêt invisible...*

Éolia faillit se mordre la langue en reconnaissant le ministre Demourre qui marchait en compagnie d'un inconnu.

Que faisait-il si loin de ses invités ? La princesse risqua un coup d'œil. Les traits du visage du ministre étaient tendus, comme s'il craignait d'être découvert à tout moment. Ce détail fit redoubler l'attention d'Éolia. *L'autre homme ressemble à une pomme toute ratatinée,* songea la fillette. Elle fut cependant frappée par la froideur de ses yeux.

Éolia avala difficilement sa salive. Nerveusement, elle ouvrit son sac et en sortit sa caméra numérique. Dans son émotion, elle l'avait presque oubliée. La présence de tous ces arbres, autour d'elle, calmait ses appréhensions. Elle les sentait là, debout, vivants, grands et

forts comme des amis silencieux. En un éclair, elle vit défiler devant ses yeux le film de son dernier rêve vécu en compagnie de Viviane et de l'Ambassadeur de lumière.

Grâce à toutes ces images rassurantes, elle retrouva son courage, alluma son appareil, fit un gros plan sur les deux hommes qui discutaient et enregistra une longue séquence vidéo.

Ils venaient juste de partir que, tout excitée, Éolia visualisa la séquence sur la petite fenêtre digitale de son appareil... fit un arrêt sur image... et faillit crier de joie.

Enfin, elle tenait une preuve !

Elle n'avait plus qu'une chose à faire : rejoindre le colonel et lui montrer son film. Dans sa hâte, elle se faufila entre les invités et demanda à plusieurs personnes s'ils avaient vu son oncle Xavier. L'ayant perdue de vue, le colonel devait, lui aussi, être parti à sa recherche. Elle pénétra dans la maison et emprunta un long corridor obscur qui sentait la poussière et le vernis à meubles.

Les planchers étaient en bois franc. Éolia suivit des yeux la mosaïque formée par toutes ces petites lamelles de bois brunes. Sous ses doigts, les murs étaient tapissés de carreaux de céramique bleus et jaunes, froids au toucher. Ce contact, ajouté au fait qu'elle avait l'impression de s'enfoncer dans un labyrinthe, lui donna la chair de poule.

Parvenue au bout du couloir, elle entra dans une pièce entièrement tapissée de rouge. Elle vit des meubles anciens et de grandes statues de femmes grecques qui portaient des vases sur leurs épaules.

Je suis sans doute dans le bureau de Demourre.

Une sculpture en bois noir travaillé à la main attira son attention. Comme elle occupait tout un pan de mur, elle se détachait du reste de la paroi comme le nez au milieu du visage. Intriguée, Éolia s'en approcha.

On dirait des gargouilles et des diables en train de s'évader d'un paysage de cauchemar.

Elle posa ses doigts sur un des personnages. C'était dur, lisse et noir comme du charbon. Cette sculpture d'environ deux mètres de haut sur un mètre cinquante de large datait sûrement des siècles passés. Éolia imagina un vieil artiste, le dos courbé sur son œuvre, en train de sculpter patiemment chaque figurine.

Impressionnée par cette œuvre ténébreuse belle à couper le souffle, elle n'entendit pas l'homme qui venait d'entrer dans la pièce, et qui l'épiait de ses petits yeux cruels…

9

La poursuite

Éolia le reconnut immédiatement. C'était l'homme rabougri qui marchait tout à l'heure dans le bois en compagnie du ministre Demourre. Il était entré sans bruit, comme s'il voulait la surprendre. La fillette s'agenouilla et tâtonna le sol en feignant le plus grand embarras. Les secondes s'écoulaient lentement. Le vieillard allait-il tomber

dans le piège? Il finit par lui demander en se penchant vers elle :

— As-tu perdu quelque chose, petite?

Gagné! songea Éolia.

— Mon verre de contact...

Elle se frotta l'œil droit – pas trop fort,
car elle pouvait perdre sa fausse lentille
noire!

— Je me suis perdue, renifla-t-elle
en voyant que Demourre entrait à son
tour dans le bureau.

Elle rampa vers le ministre et souleva
un de ses pieds.

— Ah! Le voilà! Je l'ai trouvé!
s'exclama-t-elle en faisant semblant de
prendre quelque chose dans sa main,
sous l'œil médusé des deux hommes.

Puis, sans leur laisser le temps de
réagir, elle sortit de la pièce non par le
couloir mais par la porte-fenêtre qui donnait sur une petite terrasse. Sitôt dehors,
elle s'adossa au mur et retint son souffle.
Comme elle s'y attendait, le vieil homme
rabougri tendit le cou hors des rideaux
blancs, pour s'assurer que cette drôle
de fille était bel et bien partie. Sans s'occuper de son cœur qui battait à tout
rompre, Éolia tendit l'oreille.

— Nous y voici! lança Demourre.

Éolia remarqua, à travers les rideaux, que les deux hommes se tenaient devant la sculpture.

— Vous allez voir…, ajouta le ministre.

— Cette petite ne tenait-elle pas une caméra vidéo dans ses mains ? s'enquit le vieil homme d'un ton lourd de soupçons.

Il y eut un instant de flottement. Croyant qu'ils pourraient tenter de la rattraper, Éolia faillit s'en aller sur la pointe des pieds. Demourre ne répondait pas. Elle entendit un bruit métallique, comme si l'on traînait des chaînes sur le parquet de bois.

Quelques secondes plus tard, Éolia jeta un œil dans le salon et constata que la pièce était vide…

— Mais où étiez-vous donc passée ? s'emporta le colonel en voyant Éolia se faufiler dans la foule pour venir le rejoindre.

Excitée par ses nombreuses découvertes, la princesse ne tenait plus en place.

— Nous devons partir, ajouta l'officier.

— Bien. Alors je vous montrerai mon film en route.

Devant son air interdit, Éolia sourit comme si de rien n'était. Paméla prit congé de ses nouvelles connaissances, et ils remontèrent en voiture. En sortant de la propriété, Éolia aperçut Ludovic et ses copains qui devaient encore la chercher. Juste au moment où la voiture tournait le coin, elle leur offrit sa plus belle grimace, ce qui les laissa ahuris de surprise.

Tandis que Paméla ne tarissait pas d'éloges sur Demourre, qu'elle avait eu le temps d'interviewer, le colonel lançait de fréquents coups d'œil à la princesse dans son rétroviseur. Enfin, après avoir roulé sur une dizaine de kilomètres, il se gara sur l'accotement.

— Alors, ce film, Altesse!

Éolia rit sous cape en lui tendant sa minicaméra numérique. Monsieur X avait l'habitude d'utiliser ce modèle très perfectionné. Il l'avait lui-même remis à la princesse, la veille, après lui en avoir expliqué le fonctionnement.

Curieuse, Paméla se tordit le cou pour regarder le minuscule écran. Le colonel visionna le petit film, puis il émit un sifflement admiratif.

— L'autre homme, c'est Konrad Gontag.

— Le président de la compagnie Gontag International? s'étonna Paméla.

— Et on le voit clairement remettre une enveloppe à Demourre.

— C'est peut-être le contrat signé dont parlaient les arbres de la forêt invisible, supposa Éolia.

Devant la mimique stupéfaite de Paméla, la princesse haussa les épaules. Le colonel redémarra.

— Et si on y retournait pour s'emparer de cette enveloppe, Monsieur X? On découvrirait sûrement le pot aux roses!

Le colonel n'avait pas l'air d'accord.

— Ce n'est pas aussi simple, princesse. On n'entre pas chez les gens sans mandat de perquisition. Qui plus est chez un ministre influent du gouvernement!

Éolia se renfrogna sur son siège. Elle avait du mal à comprendre la logique des adultes.

— Demain, c'est lundi, et les bulldozers envahiront la forêt de Briganne. Ce film est une preuve, non?

Mais une preuve de quoi, finalement? Pendant dix autres kilomètres, le colonel garda le silence. Perdue dans ses pensées, Éolia fit de même, au grand désespoir de Paméla, qui aurait bien aimé qu'on lui explique cette histoire d'enveloppe mystérieuse et d'arbres qui parlent.

Soudain, la voiture fit une embardée. Tirée de sa rêverie, la fillette ouvrit les yeux. Elle vit tout à la fois la route en lacet, le ravin, et les trois motards qui les avaient pris en chasse.

— Que se passe-t-il? s'écria-t-elle.

Concentré sur la route, le colonel ne répondit pas. Comme l'un des motards se rapprochait dangereusement sur leur flanc gauche, Monsieur X donna l'ordre aux passagères de baisser leur tête. Deux secondes plus tard, le pare-brise vola en éclats. Le colonel bifurqua d'un coup sec, percutant la moto qui tamponna à son tour sa voisine. Les pilotes hurlèrent en même temps et s'enfoncèrent en catastrophe entre les arbres.

Éolia leva les yeux. Le troisième motard sortait une mitraillette de son long manteau.

— Baissez-vous! s'écria le colonel en faisant un tête-à-queue.

Devant lui, en sens inverse, montait un vieux camion à la carrosserie toute rouillée. Fâché de ne pouvoir ajuster son tir, le troisième motard dut se rabattre derrière la Peugeot. À l'instant où le camion arrivait à leur hauteur, le colonel ordonna à Éolia et à Paméla de s'accrocher solidement, puis il freina d'un coup sec. Le motard, qui les suivait de trop près, n'eut pas le temps de réagir. Il percuta le pare-chocs arrière, voltigea dans les airs avec sa moto, et retomba dix mètres plus loin.

Le trio regagna le palais trois quarts d'heure plus tard sans avoir échangé une seule parole. Avant qu'Éolia ne retourne dans ses appartements en empruntant les passages secrets, Monsieur X la prit par les épaules et l'inspecta de la tête aux pieds.

— Je vais bien. Je vais bien, lui répéta-t-elle.

Sa perruque penchait sur la gauche. Elle avait aussi recraché son faux appareil dentaire. Éolia avait un drôle d'air, mais dans l'ensemble elle se portait bien.

Le colonel hésita, ouvrit la bouche, se ravisa. Devait-il lui dire que quelqu'un avait tenté de les faire assassiner ? Il vit dans les faux yeux noirs de la fillette qu'elle avait parfaitement compris la situation et qu'elle saurait tenir sa langue.

— Ils ont dû deviner que je les ai filmés, lui dit-elle.

Ils se séparèrent sans s'être concertés sur ce qu'il convenait de dire au roi et à la reine au sujet de cette dangereuse affaire…

Dix-huit heures approchaient. Bien entendu, la réception d'anniversaire était terminée depuis longtemps. Quand Éolia entra dans sa pièce secrète, Mélanie l'y attendait. Après les émotions qu'elle venait de vivre, la jeune princesse était heureuse de retrouver l'atmosphère sereine de son domaine privé. Épuisée, elle se laissa tomber sur le long canapé fleuri. Sans lui poser de questions embarrassantes sur sa perruque de travers et son teint pâle, Mélanie lui fit un récit enjoué de l'après-midi.

— Tout s'est très bien passé. Ta mère était un peu en colère que je n'aie pas joué les morceaux qu'elle voulait. Mais personne ne s'est rendu compte de la supercherie. Il y avait quelques photographes. Tu verras ta photo demain dans tous les journaux.

Éolia sourit à son amie et se joignit à elle pour ajouter, en s'esclaffant :

— Et les journalistes écriront : la princesse Éolia joue du piano pour l'anniversaire de son petit frère...

Mais Mélanie sentait bien qu'Éolia se forçait à rire. Qu'avait-il bien pu se passer chez le ministre ?

Comment obliger Demourre à renoncer à vendre la forêt à la compagnie Gontag ? se demandait Éolia. Tout raconter à son grand-père ne résoudrait rien. Le bout de film qu'elle avait tourné, comme le lui avait dit le colonel, ne constituait pas une preuve assez formelle et concrète pour faire accuser le ministre de corruption.

C'est le contrat lui-même, qu'il nous faut ! Avec la signature du ministre.

— Ah oui ! Frédérik a compris que c'était moi qui jouais, ajouta Mélanie. Je crois qu'il t'en veut un peu. Après le miniconcert, il m'a demandé si je savais où tu étais. Je ne pouvais rien lui dire.

Alors il a fait une grimace et m'a dit que de toute façon, tu ne lui expliquais jamais rien et qu'il te détestait.

— Qu'il aille au diable! rétorqua Éolia en regrettant immédiatement ses paroles.

Pourtant, cette réflexion soudaine lui donna une idée. Une idée qui avait des chances, même avec le peu de temps qu'il leur restait, de sauver la Forêt Qui Avait Un Problème.

Après le départ de Mélanie, qu'elle avait remerciée d'avoir, une nouvelle fois, sacrifié tout un après-midi pour jouer son rôle, Éolia se débarrassa de son déguisement.

Au dîner, elle parla peu. Heureusement que sa mère n'eut pas la mauvaise idée, au dessert, de lui redemander de jouer du piano! Frédérik ouvrit ses cadeaux en famille, sans paparazzi ni journaliste. Une montagne de paquets et de papiers d'emballage s'amoncela dans le salon d'azur. Le garçon reçut tous les jouets prétendument achetés par Éolia pour son frère!

Ses grands-parents, bien que curieux de connaître en détail ses aventures de l'après-midi, ne posèrent aucune question à Éolia.

La princesse demanda à aller se coucher de bonne heure, même si la journée du lendemain était une journée pédagogique et qu'elle n'avait rien de prévu à son agenda. Dès qu'elle se retrouva seule, elle ouvrit le grand tiroir dissimulé dans la base de son lit. Ce soir, c'était de nouveau avec Maeva qu'elle devait rêver. Mais l'âme de sa poupée était toujours retenue en otage dans la forêt invisible.

Anxieuse, elle décrocha le combiné du téléphone et composa le numéro personnel du colonel. Lorsqu'il répondit enfin, elle choisit ses mots avec soin :

— Monsieur X, je sais où est caché le contrat signé par Demourre. Il est dans une pièce secrète située dans son bureau derrière une immense sculpture murale représentant des diables et des gargouilles.

Paméla, qui se tenait aux côtés du colonel, vit l'expression de son petit ami changer du tout au tout. La princesse était en train de lui expliquer ce qu'elle attendait de lui, et cela n'avait pas l'air de lui plaire. Ses yeux s'écarquillèrent. Il fit une étonnante grimace. Quand il raccrocha le combiné, il avait la bouche grande ouverte, comme s'il s'apprêtait à gober un énorme poisson. Finalement, il déclara d'une voix sourde :

— Cette petite est folle. Vraiment folle.

Il savait pourtant qu'il ferait ce qu'elle venait de lui demander...

10

Le cambriolage

Ce soir-là, tout le monde dormait, au palais, sauf Monsieur X et les trois agents qu'il avait choisis pour une mission très particulière. En chargeant son matériel dans une voiture louée sous un nom d'emprunt, il n'en menait pas large. Un de ses agents prit place à ses côtés. Les deux autres les rejoindraient aux abords de la villa des Demourre, dans deux heures, soit à minuit trente très exactement.

En démarrant, le colonel revit en pensée l'entretien qu'il avait eu plus tôt en soirée avec le roi, lorsqu'il lui avait remis la « preuve » d'Éolia.

— Majesté, je ne sais que penser de cette histoire, lui avait-il franchement avoué.

À soixante ans, le roi était un bel homme. Sa stature en imposait. Les gens aimaient sa grosse voix et sa barbe finement taillée. Ce qu'ils ignoraient, par contre, c'est que le roi était également un érudit très au fait de ce qui se passait dans le royaume. Assis derrière son large bureau d'acajou, il déclara à son chef des services secrets :

— Colonel, nous savons que la corruption est une pratique courante, même au sein de notre gouvernement. Je sais que certains fonctionnaires s'enrichissent sur le dos de ceux qui payent leurs impôts.

Le roi prit sa pipe et la bourra. Un sourire intérieur éclairait son visage.

— Qu'Éolia ait mis au jour cette histoire de fraude grâce à ses rêves est providentiel ! Il ne fait aucun doute que cette séquence vidéo incrimine Demourre. Mais ce n'est pas suffisant pour le mettre en accusation. Ce qu'il nous faut, c'est le document qu'il a signé.

Le colonel ne répondit pas, car il prenait conscience des risques à courir pour y arriver.

— Résumons la situation, poursuivit le roi. Demourre vend en secret des terres qui appartiennent à l'État, sans doute en utilisant des prête-noms. Ces ventes, faites à des industiels véreux, lui procurent de généreuses sommes d'argent qui échapperont à l'impôt. Pour le moment, départager la vérité de la fiction dans les rêves de Lia n'est pas primordial. L'essentiel, c'est de forcer le ministre à se trahir. Si Lia a raison et que ce document signé est un contrat secret passé entre Demourre et Konrad Gontag, vous savez ce qu'il vous reste à faire... le plus discrètement possible, bien entendu. Car si par malheur vous vous faisiez prendre, je ne pourrais pas vous couvrir. Vous me comprenez...

Le colonel saisissait très bien, et il accepta de s'exposer à ces risques. D'abord par sens du devoir, ensuite par goût de l'aventure – lorsqu'il partait en mission, il se sentait infiniment plus «vivant» qu'assis derrière un bureau à éplucher des dossiers ennuyants. Il désirait aussi savoir si Éolia, une fois encore, avait « rêvé » juste.

Les dernières paroles du roi, prononcées d'une voix glaciale, lui revinrent en mémoire : « Je ne tolérerai pas que des hommes ayant tenté de vous assassiner, Lia et vous, puissent s'en tirer. »

N'empêche que si on se fait prendre, ce sera le scandale, le déshonneur, le procès et peut-être même la prison.

Malgré tout, le colonel restait calme. Il emmenait avec lui trois spécialistes. De plus, Éolia avait promis de l'aider. Comment ?

Il osait à peine y penser.

Le même soir, quelques minutes après avoir fermé les yeux, Éolia rêva qu'elle se levait de son lit. Elle marcha lentement vers la grosse cheminée en pierre de sa chambre, et se pencha vers l'âtre. Rassurée par la lumière dorée qui y brillait, elle se retourna vers Maeva qui la regardait, sans vie, posée sur l'édredon de son lit.

Si tout se passe comme prévu, la forêt sera sauvée et les arbres relâcheront l'âme de Maeva.

La jeune princesse se glissa dans l'âtre et se laissa emporter par le Souffle du Vent Qui Vient du Monde des Rêves.

La forêt invisible semblait fébrile. Éolia le sentit dès qu'elle foula le sol humide et veiné de longues racines noueuses. Les arbres chuchotaient entre eux. Une lourde branche vint caresser ses épaules. Le cœur battant, elle se retourna. Un vieux chêne-liège la dévisageait, tout crispé au milieu de ses racines. En réalisant que les bulldozers devaient envahir la forêt « terrestre » dès le lendemain matin, la fillette comprit la raison de cette fébrilité.

— Ne vous inquiétez pas, monsieur le chêne, mon ami le colonel trouvera un moyen d'empêcher ça.

Elle disait « ça » au lieu d'employer les mots exacts, car elle ne voulait pas les effrayer davantage. À son grand soulagement, elle sentit la main de porcelaine de Maeva se glisser dans la sienne. Bras dessus, bras dessous, elles arrivèrent bientôt en bordure de la grande clairière de lumière.

— Tu m'as l'air en forme ! lui dit Éolia.

— C'est un endroit merveilleux, ici, Lia.

C'est drôle… Maeva n'a plus l'air aussi timide que d'habitude. Peut-être qu'après tout, cette aventure a du bon !

Éolia retrouva avec plaisir l'Ambassadeur – toujours déguisé en clown –, le grand frêne, ainsi que Viviane. Voyant qu'elles étaient toutes deux en pyjama, elles éclatèrent de rire. Plus sérieux que son déguisement le laissait croire, l'Ambassadeur de lumière les entraîna à part. Le grand frêne, très curieux, laissait pendre ses branches frémissantes sur leurs épaules.

— Les filles, déclara l'Ambassadeur, il est l'heure de passer à l'action.

Éolia trépignait d'impatience. Les fillettes et la poupée suivirent le clown jusqu'à un bassin d'eau claire qui provenait de la cascade magique. Comme il avait l'air énigmatique, l'Ambassadeur, dans son costume à carreaux et ses grandes chaussures qui faisaient un drôle de bruit à chacun de ses pas ! Parvenu au bassin, il en effleura la surface de sa main droite. L'eau se changea aussitôt en miroir.

— Woouuaah! s'exclamèrent en chœur les deux rêveuses.

La façade d'une maison apparut. Sur cette façade, trois hommes prenaient mille précautions pour s'introduire discrètement à l'intérieur.

— Ton ami le colonel ne va pas tarder à savoir si tu as vu juste, Éolia!

La princesse repensa à l'idée qu'elle avait eue plus tôt en après-midi.

— Le document se trouve caché derrière la sculpture murale, murmura Éolia, les yeux mi-clos, fascinée par cette vision

du monde réel qui teintait la surface du bassin.

— Comment pouvons-nous les aider ? s'enquit Viviane en retenant son souffle.

— C'est simple, répondit l'Ambassadeur. Je vais attirer le ministre Demourre et son fils dans la forêt. Je vous fais confiance pour les distraire pendant que nos amis récupèrent le contrat.

Viviane et Éolia échangèrent un sourire ravi.

— Vous pouvez compter sur nous !

Les branches du grand frêne frissonnèrent.

On aurait dit qu'il riait.

Demourre se coucha tôt, après avoir ingurgité un repas arrosé de vin et de whisky. La semaine s'annonçait chargée. L'entente qu'il avait signée avec le PDG des entreprises Gontag lui assurait une bonne commission déjà versée dans son compte en banque secret, en Suisse. *Encore quelques coups comme celui-là,* songea-t-il, *et je pourrai me retirer. De toute façon, un ministre, c'est comme un*

oiseau : jamais trop longtemps perché sur la même branche, car toujours menacé par un coup de vent.

Il pensa un instant aux trois hommes de main que, sur le conseil de Konrad Gontag, il avait dû se résoudre à envoyer à la poursuite de ce drôle de colonel et de sa nièce un peu trop fouineuse à son goût. *Demain, nous apprendrons aux nouvelles télévisées que ces gêneurs ont eu un malheureux accident de voiture.* Puis il s'endormit et rêva qu'il se trouvait en compagnie de trois jolies filles, sur le pont promenade d'un luxueux navire de croisière.

La suite de son rêve se révéla pour le moins surprenante...

Sa première impression fut de s'être égaré. Dans son rêve, il avait fait ses valises et dit à son fils de se dépêcher, car il était toujours à la traîne.

— Nous devons être à l'aéroport dans deux heures, Ludovic...

Cette phrase résonnait encore dans son esprit. Il partait pour un long voyage dans les Caraïbes. En marchant avec ses valises à la main, il se rendit soudain compte que le corridor aux murs beiges de l'aéroport virait curieusement au vert.

Du feuillage sortait des murs, et des branches couraient au-dessus de sa tête. Tout à coup, il trébucha sur une grosse racine, puis se retrouva une fois encore dans cette forêt hostile dont il avait rêvé la nuit précédente.

— Que se passe-t-il?

Autour de lui, les branches frémirent. Les arbres chuchotaient entre eux. Leurs racines prenaient vie et se déroulaient comme des serpents enragés. Au moment où ils allaient enlacer l'homme et le soulever de terre, deux filles jaillirent des buissons et l'entraînèrent dans un sentier touffu semé de ronces.

— La forêt est en colère. Par ici, monsieur le ministre!

Complètement dépassé par les événements, Demourre abandonna ses valises et se mit à courir. Il faisait nuit dans la forêt. Pourtant, une lumière crue, comme des yeux immenses braqués sur lui, perçait les feuillages.

— Qui êtes-vous? bredouilla-t-il, essoufflé.

Les filles lui rirent au nez. C'est alors qu'il reconnut l'une d'entre elles.

— Princesse Éolia?

La fillette l'entraîna de plus belle dans ce qui semblait la partie la plus sombre de la forêt...

Au même moment, dans le monde réel, le colonel et ses hommes pénétraient dans la maison du ministre. Jusqu'ici, tout se déroulait normalement. Un spécialiste en explosifs avait désarmé le système d'alarme, ainsi qu'un deuxième élément directement relié au poste de police le plus proche. Le colonel posta un de ses hommes devant la porte de la chambre du ministre et un autre devant celle de son fils.

L'officier se dirigea en silence vers le bureau rouge du ministre. En passant le seuil de la porte, il entendit son agent se prendre les pieds dans le tapis et s'étaler de tout son long dans un boucan infernal, à l'autre bout du couloir.

Ludovic bougea dans son lit. Sa gardienne, une adolescente de la région, était partie vingt minutes plus tôt. Il ne la supportait pas, celle-là! Il préférait de beaucoup la petite brunette qui était présente à la fête, cet après-midi, et qu'il avait pourchassée avec ses copains. Qui était-elle ? D'où venait-elle ? Il s'était endormi en se disant qu'elle était jolie avec ses longs cheveux bruns, même si elle portait un horrible appareil dentaire.

Lui aussi se retrouvait en rêve dans la forêt invisible, juste devant la cascade d'eau lumineuse. Et il était en train de parler à... une poupée ! Une vraie poupée de fille, vêtue d'un paréo bleu, à la voix douce, aux longs cheveux noirs et aux yeux brillants comme des étoiles.

— Est-ce que ce sera encore long ? lui demanda-t-il en nouant ses lacets de chaussures.

Maeva lui tapota gentiment la main.

— Elle sera là dans quelques minutes, ne t'inquiète pas.

Elle, c'était cette inconnue qu'il avait rencontrée durant l'après-midi. Le début de son rêve n'était pas très clair, mais une poupée était apparue, puis l'avait conduit jusqu'ici en lui promettant qu'il reverrait cette brunette.

Ludovic ragea entre ses dents, car ses chaussures de sport ne se laissaient pas nouer, un peu comme si elles étaient vivantes et qu'elles refusaient de coopérer.

142

C'est vraiment un drôle de rêve..., se dit-il.

Ni Ludovic ni son père, trop absorbés par leur rêve, n'entendirent le boucan que fit l'agent quand il trébucha dans le couloir menant à leur chambre. Le colonel se hâta d'ouvrir la porte de la pièce blindée dissimulée derrière la sculpture murale où se trouvait le grand coffre. Il tâtonna à l'intérieur de la malle et mit la main sur un porte-documents.

— Enfin! s'exclama-t-il en dépliant le contrat signé par le ministre.

Il braqua dessus le faisceau de sa lampe torche et le parcourut des yeux. Sa mine changea au fur et à mesure de sa lecture.

Par la barbe du roi! Voici ce que l'on appelle une preuve! Maintenant, nous pouvons mettre en branle le plan élaboré avec le roi.

Il sortit de son manteau noir un stylo, une feuille de papier, et se mit à écrire un mot destiné au ministre. Il était un peu surpris que personne n'ait encore donné l'alarme. *Je parierais qu'il y a de l'Éolia là-dessous!* se dit-il en abandonnant le coffre grand ouvert.

Il rappela par radio ses deux agents postés devant les chambres, puis tous quittèrent la maison comme ils y étaient entrés, soulagés et ravis du succès de leur opération!

Après avoir bien fait courir le ministre Demourre, Viviane et Éolia le ramenèrent dans la clairière où les attendaient l'Ambassadeur de lumière, Maeva, une dizaine d'arbres, ainsi que Ludovic, qui avait pris ses espadrilles en chasse.

— Revenez ici! Je vous ordonne de ne plus bouger! hurlait-il, les larmes aux yeux.

Quand il aperçut son père, il voulut lui demander son aide. Devant la drôlerie de la situation, tout le monde éclata de rire, y compris les arbres.

À moitié mort de fatigue, Demourre tomba à genoux. Il était si essoufflé qu'il avait du mal à parler. En voyant tout ce beau monde se moquer de lui et de son fils, il lui vint à l'esprit que ce rêve était un nouveau piège. Il pensa une fraction de seconde au dangereux contrat qu'il

avait signé avec Konrad Gontag. En le paraphant cet après-midi, il avait eu une mauvaise intuition. De plus, les trois motards qu'il avait envoyés pour se débarrasser du colonel n'avaient pas donné signe de vie de toute la soirée... Tremblant sur ses jambes, il se releva.

— En voilà un qui va se réveiller avec l'impression d'avoir couru un marathon ! railla joyeusement l'Ambassadeur.

— Que va-t-il arriver, maintenant que ton ami le colonel a récupéré le contrat ? s'enquit Viviane.

À son air tendu, Éolia devina qu'elle était anxieuse de savoir si cette « mission secrète », comme l'avait présentée la princesse, allait vraiment sauver la forêt. Elle n'était pas la seule, d'ailleurs. Les dix arbres réunis autour d'eux laissaient pendre leurs branches, comme autant d'oreilles à l'écoute.

— Avant de partir avec ses hommes, Monsieur X m'a dit qu'en cas de réussite, il allait se passer des choses intéressantes, demain matin, dans la forêt de Briganne, répondit Éolia.

Comme Ludovic courait toujours après ses chaussures, elle s'approcha de l'Ambassadeur.

146

— Est-ce vous qui avez ensorcelé ses souliers ?

— Pas du tout ! Je crois que Ludovic a très bien entendu le tapage que ton colonel et ses hommes ont fait dans la maison, mais que, dans son for intérieur, il avait trop peur de se réveiller. Alors il a lui-même imaginé que ses souliers ne lui obéissaient plus. Ainsi, il se donnait une excuse pour ne pas se réveiller. C'est ce que j'appelle « la part de fantaisie » qui se retrouve dans chacun de nos rêves.

Les mots de l'Ambassadeur frappèrent Éolia. Depuis le début de cette enquête, un mystère l'intriguait.

— Cette fille sans tête, avec son fauteuil roulant dans la forêt, existe-t-elle vraiment ou bien est-elle « ma part de fantaisie » ?

Éolia ferma un instant les yeux pour mieux réfléchir. Et soudain, les morceaux du puzzle s'imbriquèrent d'eux-mêmes dans son esprit.

— Mais oui ! La première fois que j'ai rêvé d'elle, c'est quand les paparazzis se trouvaient sous mes fenêtres ! Ils voulaient prendre des photos ! Et puis ils ont été arrêtés.

Le clown sourit. Derrière son masque peint de toutes les couleurs, la jeune princesse crut voir briller une lumière intense.

— Même si tu dormais, ton esprit savait que ces journalistes étaient là. Tu as eu peur. Tu es restée dans ton rêve pour échapper à cette réalité.

— Et j'ai réagi comme Ludovic! Sauf que moi, j'ai imaginé une fille sans tête, alors que lui court après ses chaussures.

L'Ambassadeur lui répondit quelque chose qu'elle n'entendit pas, car tout comme Viviane, le ministre et son fils, elle quittait son rêve et revenait dans son corps. Dépitée, elle pesta entre ses dents:

«Je me réveille toujours au mauvais moment!»

Son premier réflexe fut d'allumer sa lampe de chevet et de scruter les yeux de sa poupée. Après quelques secondes d'anxiété, elle la serra dans ses bras avec la certitude que les arbres de la forêt, respectant leur promesse, avaient enfin relâché l'âme de Maeva…

11

L'aube
dans la forêt

Le colonel vint trouver Éolia dans sa chambre aux petites heures de l'aube. Les yeux grands ouverts, la princesse, qui revivait en pensée chaque détail de son dernier rêve, ne l'entendit pas entrer. Lorsqu'elle l'aperçut dans la pénombre, auréolée d'un timide rayon de soleil, elle eut la certitude que sa mission avait été un succès. Il s'approcha d'elle et murmura :

— Je viens de parler au roi. Il sait tout. Levez-vous et habillez-vous. Nous partons.

Éolia aimait beaucoup les surprises, mais Monsieur X voyait bien qu'elle attendait une explication. Bien heureux de la laisser languir, il ajouta :

— Allez ! Je vous attends dans l'antichambre.

Éolia rouspéta pour la forme, et, encore à moitié endormie, elle se dépêcha de s'habiller. Visiblement, le colonel avait récupéré le contrat. Pourquoi lui avait-il dit que son grand-père *savait tout* ? Et où devaient-ils aller, de si bonne heure ?

Il a dû trouver un moyen pour empêcher que la forêt ne soit détruite par les bulldozers.

Ravalant sa frustration de ne pas avoir été mise au courant de ce « moyen », elle enfila un jeans, un tee-shirt et un tricot en laine.

Vingt minutes plus tard, ils roulaient dans une des limousines du palais. Grand-père et grand-mère, tous deux très matinaux, les accompagnaient. Éolia jeta un coup d'œil par la lunette arrière et vit que deux camionnettes remplies de gardes du corps les suivaient.

— Nous avons environ trente-cinq minutes de route à faire, précisa le roi. Nous déjeunerons sur place.

Tout émoustillée par l'idée de ce déplacement imprévu, la reine tenait les mains de son mari entre les siennes. Éolia sourit à son grand-père. À présent parfaitement éveillée, elle n'était pas mécontente de s'être fait expliquer en détail le plan qu'il avait mis au point avec le colonel...

Ils s'étaient garés à l'extrémité des terrains appartenant à la compagnie Gontag, puis ils avaient pénétré dans la forêt en empruntant un sentier au sol défoncé par les chenilles des bulldozers. Éolia fut très déçue par la forêt de Briganne. Le souvenir de cet endroit magique, avec sa verdure un peu ténébreuse et ses profonds sentiers parsemés de racines, qu'elle avait visité en rêve, était bien différent de ce qu'elle découvrait dans la réalité.

— Mais ce n'est pas une vraie forêt ! se lamenta Éolia. Ce n'est qu'un bois...

Le ton affreusement dépité de la fillette résumait la situation. Où étaient les grands arbres, les épais feuillages et cette lumière crépusculaire qui donnait à la forêt de ses rêves cette aura romantique qu'elle aimait tant ?

Le silence. Aucun souffle de vent. Des branches muettes. Et pas une seule petite fleur blanche !

— Ces arbres sont des nains ! s'exclama-t-elle, furieuse d'avoir été trompée. Ces buissons sont rachitiques ! Je t'assure, grand-père, que dans mes rêves la forêt semblait très différente.

Des larmes brillaient dans ses yeux. Elle considéra ses grands-parents et le colonel. Ils formaient un drôle de petit groupe : un colonel à moustache, une fillette grimaçante, et le roi et la reine de Nénucie, marchant aux petites heures de l'aube dans un bois minable frangé de brume toute grise car, en plus, le soleil tardait à montrer le bout de son nez.

La honte, quoi ! Heureusement que je n'ai pas forcé Frédérik à se lever aux aurores pour venir voir ça !

Le roi poussait le fauteuil roulant dans lequel Éolia avait tenu – elle seule savait pourquoi – à prendre place.

— Allons de ce côté, l'encouragea-t-il en empruntant le sentier de gauche.

Éolia frissonna. Ce n'était pas tant à cause de la fraîcheur du matin, mais bien parce qu'elle avait la certitude d'avoir été trahie par tout le monde. Au détour d'un bosquet, ils débouchèrent sur une clairière au milieu de laquelle s'élevait un amas de rochers semés d'herbes folles.

— La fontaine magique! s'écria Éolia en reprenant soudain espoir.

Le roi pilota son fauteuil jusqu'à l'amas rocheux. Éolia sauta par terre et s'accroupit devant une rigole à moitié desséchée où stagnait une eau boueuse.

— C'est là! C'est là que j'étais dans mes rêves!

Elle se releva et embrassa la clairière du regard. Un arbre de grandeur moyenne, dont le tronc penchait tristement sur le côté gauche, était planté à quelques mètres de là.

— Le grand frêne! C'est lui!

Elle jeta ses bras autour de son tronc comme elle aurait enlacé un ami. Le colonel s'approcha à son tour, examina l'arbre...

— C'est un vieux frêne, effectivement, observa-t-il sans sourciller.

La reine prit sa petite-fille par les épaules.

— Tu sais, Lia, les rêves sont souvent plus beaux que la réalité.

Ces mots, joints à la déclaration du colonel, lui redonnèrent courage.

— Tu as raison, grand-mère, c'est ça ! Dans le monde des rêves, cet endroit est plus grand et plus magnifique, et c'est tout à fait normal.

Elle respira profondément et sourit. Sur Terre, la forêt invisible n'était peut-être qu'un bois, mais aucun de ses amis ne l'avait trahie. Le grand frêne, les rochers, la source, tout était beaucoup moins majestueux mais très réel !

Comme huit heures approchaient, elle se rassit dans son fauteuil roulant, prête à faire face aux bulldozers qui n'allaient pas tarder à arriver.

Ils entendirent bientôt un grondement de moteur et de vieilles carcasses branlantes. Une douzaine d'ouvriers en bleu de travail investirent la clairière. À cet instant précis, un souffle de vent s'éleva et fit frissonner les branches du vieux frêne. D'abord surpris de constater que l'endroit n'était pas désert, le chef de chantier s'approcha du roi, qui poussait toujours le fauteuil roulant.

Le contremaître ressemblait à un sanglier tiré d'une bande dessinée : petit, court sur pattes, le torse énorme. À son approche, Éolia se boucha les narines, car l'homme s'était planté dans la bouche un horrible cigare puant. Les cheveux ras et huileux, l'œil louche, il apostropha le roi :

— C'est une propriété privée, ici, monsieur, pas un endroit pour promener une petite handicapée !

D'abord saisi par le ton de cet homme qui, bien sûr, ne l'avait pas reconnu, le roi le dévisagea un long moment de ce regard bleu acier qui faisait trembler les ministres du gouvernement. Gêné, le contremaître fixa tour à tour le roi, la reine, la fillette, ainsi que l'officier en uniforme qui se tenait à leur côté. Pendant que ses hommes piétinaient et que les trois bulldozers faisaient vrombir leurs moteurs, le chef de chantier se grattait le crâne sans oser soutenir le regard du roi.

Le petit homme frustré dut sentir la nervosité de ses ouvriers, car malgré le doute qui s'insinuait dans son esprit, il eut un sursaut de révolte. Il cueillit son cigare entre ses doigts crasseux et éructa :

— Partez ! Ce terrain appartient à la compagnie Gontag. Ne m'obligez pas à appeler la gendarmerie.

Le colonel leva la main en direction des buissons alentour. Aussitôt, une dizaine de gardes armés apparurent et s'approchèrent des ouvriers. Le roi posa sa main de fer sur l'épaule du contre-maître.

— Vous avez parfaitement raison, mon brave, ce terrain est une propriété privée, déclara-t-il en sortant de son anorak un document notarié. Depuis ce matin, il appartient à la couronne de Nénucie.

Le contremaître parcourut l'acte de propriété rédigé à la hâte par le notaire du roi, tiré du sommeil en pleine nuit par le colonel de la garde. Il porta à sa bouche son cigare d'une main tremblante et le mâchonna d'un air dépité. Puis, tandis que les gardes du roi se déployaient, il osa regarder le bel homme barbu qui lui faisait face, et qu'il venait enfin de reconnaître.

— Majesté, bredouilla-t-il en tremblant. Majesté...

Le roi lui sourit et lui serra la main.
Cela ne dura que quelques secondes.
Puis les ouvriers firent demi-tour, empor-
tant avec eux leurs affreuses machines
de destruction. Le roi se pencha alors
vers sa petite-fille et l'embrassa sur le
bout de son nez tout froid.

— Lia, la forêt est sauvée. Désormais,
elle est à toi, je te la donne.

Son grand-père lui remit l'acte de propriété entre les mains. Les yeux brouillés
de larmes, la fillette poussa un cri de
joie et lui sauta au cou.

Dix minutes plus tard, le ministre
Demourre arrivait sur les lieux et se
faisait mettre les menottes aux poignets.

Devant l'expression ahurie d'Éolia, le roi lui expliqua :

— Cette nuit, le colonel lui a laissé un message clair. S'il voulait récupérer son contrat, il devait se présenter ce matin dans la forêt.

— S'il n'était pas venu, continua Monsieur X, nous n'aurions rien pu prouver. De quelle façon aurions-nous pu, en effet, expliquer aux juges la manière dont nous étions entrés en possession de ce fameux contrat ?

— En se livrant de lui-même, Demourre avoue son crime, reprit le roi. Cette affaire est loin d'être réglée, mais je ne donne pas cher de sa carrière politique !

Pour Éolia, cette histoire de message et d'aveux n'était pas ce qui importait le plus. Le plus urgent, c'était son estomac qui criait famine.

— Dis donc, grand-père, j'ai faim. Je meurs de faim !

— Allons déjeuner au village de Briganne, proposa la reine.

— Bonne idée ! Dans ce cas, j'ai des amis à inviter !

Devant la surprise de ses grands-parents, Éolia demanda au colonel de lui prêter son téléphone cellulaire.

— C'est pour appeler Viviane, expliqua-t-elle en lui adressant un clin d'œil. Ce serait génial de déjeuner tous ensemble avec elle et ses parents !

Éolia pénétra sur la pointe des pieds dans la chambre de son petit frère alors qu'il était en train de faire ses devoirs. La nuit était tombée depuis longtemps sur Massora, et Frédérik s'apprêtait à aller se coucher.

— Lia ? Je ne t'ai pas entendue entrer.

La princesse sourit. Elle s'approcha de lui et sortit de la poche de son anorak un grand mouchoir en dentelles.

— Laisse-toi faire.

Elle lui noua le mouchoir sur les yeux, et alla chercher dans sa penderie un manteau qu'elle lui posa sur les épaules.

— Qu'est-ce que tu fais ?

— Veux-tu que je te donne ton vrai cadeau d'anniversaire, oui ou non ?

Quand elle prenait ce ton-là, mieux valait ne pas protester.

— Enfile tes chaussures !

La nuit était fraîche dans le grand parc du palais royal. Les arbres lançaient vers le ciel leurs immenses branches auréolées de la clarté lunaire. D'au loin leur parvenait le brouhaha des voitures qui circulaient sur les boulevards. Éolia connaissait le parc comme le fond de sa poche. Ils suivirent en silence une profonde allée bordée de sapins et contournèrent une statue. Frédérik se demandait à quoi rimait cette surprenante promenade nocturne. Il se disait qu'au palais, Madame Étiquette était sûrement en train de les chercher. Un instant, il imagina la tête que devait faire leur gouvernante et faillit dire quelque chose. Mais ne voulant pas contrarier sa sœur, il se retint. Enfin, ils arrivèrent à destination et Éolia dénoua le mouchoir qui lui bandait les yeux.

— On s'assoit là, déclara Éolia en lui indiquant un des bancs du parc.

La pierre blanche était glaciale. La princesse s'assit aux côtés de son frère et sortit d'un grand sac une chaude couverture de laine.

— Approche-toi.

Tous deux emmitouflés jusqu'au menton, ils écoutèrent les bruits de la nuit pendant quelques minutes. Ne sachant pas ce qu'Éolia lui réservait, Frédérik n'osait pas parler car, même s'il avait un peu froid, il se sentait heureux. Au-dessus de leur tête, les longues branches d'un saule pleureur se balançaient doucement en accrochant la lumière piquante des étoiles. Le garçon s'imagina qu'ils se trouvaient seuls au monde à l'intérieur d'une sorte de cathédrale végétale, protégés de tout. Éolia avait passé son bras autour de ses épaules et le berçait en regardant, elle aussi, les branches entrecroisées du grand arbre.

Entre ses racines poussaient de petites fleurs blanches. Frédérik pensa aller en cueillir quelques-unes pour les offrir à sa sœur. Mais il se sentait si bien qu'il ne voulait pas quitter la chaleur de la couverture. Alors, il se contenta de les lui montrer du doigt.

— En veux-tu?

Éolia ne répondit pas tout de suite. Comme elle avait posé sa tête sur son épaule, il crut qu'elle s'était endormie. Un peu plus tard, il l'entendit murmurer:

— Il ne faut pas les cueillir. Tu sais, ces fleurs ont la plus belle voix que j'aie

jamais entendue. Tu veux savoir pourquoi ce n'est pas moi qui ai joué du piano
pour toi, hier après-midi ?

Le cœur du garçon fit un bond dans
sa poitrine. Lia allait-elle enfin lui raconter une aventure secrète ?

— Je vais te dire pourquoi, et ensuite
ce sera à ton tour de me raconter l'histoire des superhéros de tes bandes dessinées.

Frédérik n'en croyait pas ses oreilles !
Il avait un peu froid aux pieds et aux
doigts, mais il écouta le récit de sa sœur
sans bouger, sans rien dire. Il savourait
chacune de ces paroles qui étaient,
comme le lui avait promis Éolia, son véritable cadeau d'anniversaire…

12

Le mot d'Éolia

Bien sûr, Frédérik m'a pardonnée de
ne pas avoir joué du piano pour lui.
Je ne sais pas s'il a tout compris
lorsque je lui ai raconté cette aventure.
Moi-même, parfois, j'ai l'impression
d'en avoir manqué des bouts. Une
chose est sûre : je ne vois plus de la

même manière les arbres et la nature en général.

En ce qui concerne l'affaire du contrat signé par le ministre Demourre, eh bien, il n'y a pas eu de procès ni rien dans les journaux. J'ai demandé au colonel de m'expliquer pourquoi. Savez-vous ce qu'il m'a répondu ?

« Princesse, on ne peut rien faire. »

J'étais consternée. Comment ça, on ne peut rien faire ? Alors il a ajouté à mi-voix, en caressant sa moustache :

« Rien faire au grand jour. »

En effet, il aurait fallu dire aux juges, qui auraient posé plein de questions, que le colonel avait cambriolé la maison du ministre. Et ce ne sont pas des choses à dire, surtout à un juge. Mais je pense, moi, que Monsieur X a eu raison de faire ça.

Enfin, ce sont des choses de grandes personnes, et les adultes doivent s'arranger tout seuls avec ces problèmes. Ce que je voulais, moi, c'était sauver l'âme de Maeva, et aussi la forêt invisible.

Vous vous demandez peut-être si Madame Étiquette est partie à notre recherche, le lundi soir, quand j'ai emmené Frédérik regarder les étoiles dans le parc... Non ! À bien y réfléchir, je crois que ce qui vous intéresse vraiment, c'est de savoir comment s'est passé notre déjeuner avec Viviane.

Eh bien, on a mangé tous ensemble à la terrasse d'un café. Elle est venue avec sa mère seulement, car ses parents sont divorcés. Et, oui, Viviane et moi sommes devenues amies. Je l'ai d'ailleurs invitée à venir me voir au palais, mais on n'a pas encore fixé de date.

Ah ! J'oubliais. Comme par hasard, les journaux ont annoncé, l'autre jour, la démission du ministre Demourre « pour des raisons personnelles et familiales ». Tout le monde y a cru. De son côté, la compagnie Gontag a acheté d'autres terrains pour construire leur satanée usine de pneus. Mais loin de la Forêt Qui Avait Un Problème et qui, maintenant, n'en a plus !

À bientôt,
Lia de Nénucie

Le monde d'Éolia

Album de famille

Le prince Frédérik

C'est mon petit frère. Il a sept ans et il m'adore. Il est plutôt timide et sérieux. Quand il sera grand, ce sera lui, le roi. En attendant, il faut que je m'occupe de son éducation, sinon on risque d'avoir de sérieux problèmes!

La princesse Sophie

Maman est née en Hongrie. Toute petite, elle a été obligée de fuir son pays, et sa famille a été recueillie par grand-mère, ici, en Nénucie. C'est là qu'elle a rencontré le jeune prince héritier Henri, mon père. Belle et intelligente, constamment victime des paparazzis, maman ne rêve que d'une chose : devenir reine. Elle prend tellement de temps à s'y préparer qu'elle nous oublie, Frédérik et moi!

Le prince Henri

Héritier du trône, papa est très amoureux de maman. Son seul problème, c'est qu'il ne la comprend pas souvent. Alors pour se consoler, il fait pousser des roses. Mais il a un autre problème : il plaît beaucoup aux femmes. Ce n'est pas sa faute s'il est beau, charmant, et prince. Tant pis s'il bégaie, et que sa grande ambition est de devenir jardinier plutôt que roi !

Le roi
Fernand-Frédérik VI

C'est mon grand-père. Il est au service du peuple. C'est un des seuls rois, en Europe, à avoir encore un trône solide sous ses fesses. La Nénucie est dirigée par un premier ministre, mais grand-père a son mot à dire sur ce qui se passe au pays. Très drôle avec ses uniformes de général et sa barbe bien taillée qui pique, il nous adore, Frédérik et moi.

La reine
Mireille de Vosigny

Grand-mère, c'est une reine très moderne. Elle fait du judo, du parachutisme et de la moto. Pleine d'énergie et de bonnes idées, elle surprend tout le monde en disant les choses comme elle les pense. On parle d'elle tous les jours dans les journaux, mais ça ne l'empêche pas de faire ses courses elle-même et de nous cuisiner des gaufres au miel et des galettes de sésame.

Monsieur X

De son vrai nom, Xavier Morano, c'est le chef des SSR, les services secrets du roi. Il est aussi le colonel de la garde du palais royal. Il est très attaché à ma famille, et surtout à moi. C'est lui qui m'a appris à me moquer des règlements idiots. Quand j'ai des rêves étranges, je lui en parle. Je sais qu'il m'écoute sans me prendre pour une fille gâtée et capricieuse.

Madame Étiquette

C'est un véritable cauchemar ambulant. Elle croit que Dieu a créé l'étiquette et les règlements idiots, et elle agit comme si elle était Dieu. Toujours vêtue d'une robe sévère à collerette blanche qui doit l'irriter atrocement, elle n'obéit qu'à maman. Elle me soupçonne de tout ce qui arrive de bizarre dans le palais. Souvent, elle a raison. Mais elle ne pourra jamais le prouver !

Monsieur Monocle

Il s'appelle en vérité Gontrand Berorian. Il est fils, petit-fils et arrière-petit-fils de domestiques. D'ailleurs, il est né au palais. C'est lui qui m'a appris comment me diriger dans les passages secrets alors que j'étais encore toute petite. Il m'apporte ma tisane, le soir, et il est toujours là pour m'aider à jouer un tour à Madame Étiquette.

Mélanie Duquesnoy

Mélanie a dix ans, comme moi. C'est ma grande amie secrète. Elle est la fille de la maquilleuse de la famille et vit dans les combles du palais. Les circonstances de notre rencontre sont notre secret. Avec une perruque blonde, des faux cils et un peu de maquillage, Mélanie me ressemble comme une sœur jumelle. Je lui demande parfois d'échanger de rôle avec moi. Ça m'aide beaucoup à mener mes enquêtes !

L'Ambassadeur de lumière

C'est un ange déguisé en clown. Enfin, c'est ce que je pense. C'est lui qui me contacte, pendant mes rêves, et me demande de l'aider. Ce qui m'entraîne dans des aventures parfois très compliquées. L'Ambassadeur dit être le protecteur de notre pays. Une sorte de gardien qui veille à ce que tout se passe bien. Et, il faut le croire quand il le dit, il a beaucoup de travail !

Royaume de Nénucie

Quelques chiffres

Nom officiel : Royaume de Nénucie

Capitale : Massora

Monnaie : L'euro

Langue officielle : Le français

Chef de l'État : Le roi Fernand-Frédérik VI
    (depuis 1959)

Population (en 2006) : 5 355 000 habitants

Table des matières

Fredrick D'Anterny

C'est l'auteur que j'ai choisi pour qu'il écrive mes aventures. Il est né à Nice, en 1967. Il n'est donc ni trop vieux ni trop jeune. Et Nice, ce n'est pas loin de la Nénucie. Il me fallait quelqu'un de sensible, de drôle mais aussi de sérieux, qui saurait exactement raconter ce qui s'est passé et le dire de façon que ce soit passionnant à lire. Il habite Montréal, au Canada, où il a longtemps travaillé dans le monde du livre. Il écrit beaucoup, entre autres une autre série pour les jeunes (je suis jalouse !) qui s'appelle « Storine, l'orpheline des étoiles ». Mais au rythme où je vis mes aventures, je crois qu'il va devoir beaucoup s'occuper de moi ! Pour en apprendre davantage sur Éolia, écris à l'auteur :

fredrick.danterny@sympatico.ca

Aussi parus, dans la série

Éolia princesse de lumière

collection Papillon :

Le garçon qui n'existait plus, nº 122

Éolia n'a que trois jours pour sauver
les enfants enlevés en Nénucie…

Le prince de la musique, nº 124

Éolia n'a que cinq jours pour sauver
la vie du jeune chanteur le plus
populaire de la planète…

À venir :

Panique au Salon du livre, nº 127

En voyage au Canada, notre héroïne
ne dispose que de quelques jours
pour empêcher un dangereux criminel
de gâcher le Salon du livre
de Montréal…

Derniers titres parus dans la
Collection Papillon